アルクの日本語テキスト ● ALC Press Japanese Textbook Series

予想と対策

日本語能力試験1級受験問題集

Preparation & Strategy
Practice Questions
for the
Japanese Language
Proficiency Test
Level 1

松本　隆・市川　綾子・衣川　隆生
石崎　晶子・瀬戸口　彩

 本書並有錄音帶發售

日本アルク授權

鴻儒堂出版社發行

使用説明

　　本書乃針對準備參加「日本語能力測驗1級」者而作。 其內容是以日本語階梯雜誌自1989年3月號以來所連載一年的「日本語能力測驗投考準備講座」為基準而加以修正、增補而成。

　　本題庫的程度與實際的1級測驗接近，另外題目型態雖是參考實際考試而成，但並非完全一模一樣的的套用。

　　本題庫分為文字、語彙、閱讀、文法及聽力五個單元。每個單元的最初附有出題傾向解說，及參考過去1級的實際日語能力測驗題所作成的解題方法，這些所引用的問題是1989年以前所公開的問題精選的部分。自1990年開始，考題完全公開，在市面上並有出售，想要一睹真正考題的考生不妨參照之。

　　各個單元都是由數個問題組成，專門針對自己所不善長的單元下功夫，雖然也是準備方法之一，但對每個單元的問題都能一點一滴地去了解，對照正確答案弄清自己為何答錯，找出錯誤的癥結所在，然後能得到一個更正確的知識，這才是本書的真正主旨。

　　本題庫的最後一部分附有1級程度的模擬試題，無論是題數或形式皆是模擬實際考試所編成，因此不妨將它當成一場真正的考試，試著在考試時間內做答，藉此了解自己的實力。

　　最後祝每位考生金榜題名。

編輯群謹識

目　次

文字・語彙

文字

應付1級日語能力測驗所需認識的漢字數約爲2000字，而一般報章雜誌中常用的漢字數有1945字（常用漢字），因此，能認識2000個單字則對報章雜誌上所出現的所有漢字皆能理解無礙。

日語的麻煩所在，在於漢字的讀法有音讀、訓讀兩種，且無論是音讀或訓讀常常又有兩種以上讀法。知道某個漢字其中一個字的讀音雖很重要，但當它與其他字結合成爲另一個新字時，若不懂得它的唸法，仍然還是無法得分。漢字和語彙之間有著密切的關係，在背誦語彙時，應注意用漢字將該語彙試著寫出，直到會寫爲止。另外，在讀念用口語寫成的文章作品時，不僅僅要理解其意思，對該漢字的正確讀法也應加以注意才是。

◉出題例（由實際考題中摘出）

問題Ⅰ　次の文の下線をつけたことばは、どのように読みますか。その読み方をそれぞれの1・2・3・4から一つ選びなさい。

近代科學の確立あたって、決定的な役割を果たすことになったのが科學者の國際交流である。

(1)	確立	1　かっりつ	2　かっりゅう	
		3　かくりつ	4　かくりゅう	
(2)	役割	1　やくかつ	2　やくわり	
		3　えきかつ	4　えきわり	
(3)	交流	1　りゅうこう	2　こうかん	
		3　まじわり	4　こうりゅう	

この伝統は、先祖から受け継いだ、価値のある貴重な財産だ。

(4)	伝統	1　てんとう	2　てんどう	
		3　でんとう	4　でんどう	

(5) 受け継いだ　1　うけついだ　　2　うけといだ
　　　　　　　　3　うけあいだ　　4　うけすいだ

問題Ⅱ　次の文の下線をつけたことばは、どのような漢字
　　　　を書きますか。その漢字をそれぞれの1・2・3・4から
　　　　一つ選びなさい。

　北極かんそくたいの出発は、ごうどう会議にはかった結
果、翌月の10日と決定した。当日いっこう8名は、厳しい
風雪の中を北を目指して出発した。

(1)　かんそくたい　1　観側隊　　　2　歓測隊
　　　　　　　　　 3　観測隊　　　4　歓側隊
(2)　ごうどう　　　1　合道　　　　2　合同
　　　　　　　　　 3　合動　　　　4　合働
(3)　いっこう　　　1　一行　　　　2　一考
　　　　　　　　　 3　一向　　　　4　一交

　　二度て法律にいはんしないように、げんじゅうにしどう
してください。

(4)　いはん　　　　1　異反　　　　2　異半
　　　　　　　　　 3　違反　　　　4　違半
(5)　げんじゅう　　1　厳重　　　　2　厳従
　　　　　　　　　 3　減重　　　　4　減従
(6)　しどう　　　　1　示道　　　　2　示導
　　　　　　　　　 3　指道　　　　4　指導

◉自我評量

　　答案：問題Ⅰ(1)3(2)2(3)4(4)3(5)1，問題Ⅱ(1)3(2)2(3)1(4)3
(5)1(6)4。問題Ⅰ(1)(2)(3)和問題Ⅱ(1)(2)(3)是1988年度1級測驗
考題。問題Ⅰ(4)(5)和問題Ⅱ(4)(5)(6)是1989年度1級測驗的考
題。

　　問題Ⅰ是有關漢字的讀法。問題Ⅱ是有關漢字的寫法。
漢字的讀法中，是小寫的"っ"還是大寫的"つ"，或是有
沒有小寫"っ"，或是母音是否加長，有沒有「゛」（濁音

）符號等相似音的區別。另外要用音讀還是訓讀來唸，如何用音讀來唸等，多有所涉及。

看過問題Ⅰ，很清楚地可以知道，只會唸每一個個別漢字的讀法是不夠的，若不懂得一個組合漢字的讀法，仍無法得分。

有關漢字寫法，最常出題的是相似字的使用區別、同音異義字的區別，或是義同讀法不同的漢字，及慣用語的識別等。如上述問題Ⅱ般，在選擇漢字問題時，務必想清楚其意義，是否與題意吻合是最重要的。

最近的1級日語能力測驗形式並非僅限於上述問題Ⅰ、Ⅱ部分的形式，也出現過選擇同樣讀音的漢字及選擇使用相同漢字的問題。例如1990年度的1級測驗中，曾出現從「合議（ごうぎ）」「後記（こうき）」「抗議（こうぎ）」「公示（こうじ）」當中選出與「講義（こうぎ）」同音的漢字問題，或是從「（東京の）こうがい（郊外）」「ゆうこう（有効）」「こうつう（交通）」「りょこう（旅行）」當中選出與「こうか（効果）」的劃線部分相同的漢字等等之類的問題，對這些問題基本上也是要會唸、會寫，且有必要同時充實語彙與漢字的知識，並確切掌握之。

◉出題傾向

1級的日語能力測驗要求10,000個語彙的學習程度。根據某項調查，只要具備有10,000字左右的語彙能力，在閱讀一般雜誌時，大約能理解該文的90％以上。在這10,000個語詞當中，包含名詞、動詞、形容詞、副詞等各種性質的語彙。在學習語彙過程中，不只要了解該詞的意義，更要知道該詞在文中所代表的意義。另外，相似意義的語詞其各自不同的使用方法也須了解。

語彙

◉出題例（由實際考題中摘出）

問題Ⅰ　次の文の＿＿＿＿の部分に入れるのに最も適当なも

のを、1・2・3・4から一つ選びなさい。

(1) ひさしぶりに友人と会ったので話が＿＿＿＿、つい帰り
が遅くなってしまった。

　　1　とぎれ　　2　はずみ　　3　つまり　　4　とんで

(2) 弟が社会人になったので、両親は＿＿＿＿ほっとしてい
ることだろう。

　　1　ぜひ　　2　さぞ　　3　なお　　4　しかも

(3) このクラスの授業は、いつも活気に＿＿＿＿いる。

　　1　とらえて　　2　まとまって　　3　はやって

　　4　みちて

問題Ⅱ　次の(1)から(3)は、あることばの意味を説明したも
のです。それぞれの説明にあう用例を1・2・3・4から
一つ選びなさい。

(1)　いっぱい……終わりまで。

　　1　もういっぱいいかがですか。

　　2　この本は漢字がいっぱいあるから、なかなか読めな
い。

　　3　今月いっぱい東京にいるつもりです。

　　4　このへやは人でいっぱいだ。

(2)　つく……したがう

　　1　彼は運がついているらしく、なにをしてもうまくい
く。

　　2　美しい女優はとうしても人の目につきやすい。

　　3　春になると、桜の木につぼみがつき、やがてきれい
な花を選かせる。

　　4　外国を旅行する場合、通訳がついていると安心だ。

(3)　話……相談や交渉

　　1　さすがにあの人は苦労しているだけあって、話のわ
かる人だ。

　　2　ぜひ聞いていただきたい話があるのでずが、今晩ご
都合いかがでしょうか。

3　日本には、昔からおもしろい<u>話</u>がたくさんある。

4　すの人の言うことは、まったく<u>話</u>にならない。

◉自我評量

答案：問題Ⅰ(1)2(2)2(3)4，問題Ⅱ(1)3(2)4(3)2。問題Ⅰ(1)與問題Ⅱ(1)是1988年度1級日語能力測驗題，問題Ⅰ(2)(3)與問題Ⅱ(2)(3)是1989年度1級日語能力測驗題。

問題Ⅰ是語彙選擇問題，至於如何選擇，現在來想一想(1)(2)(3)三個答案，(1)和(3)分別爲「話がはずむ」「活氣にみちる」，得分關鍵就在於是否認識它們。「いろいろな話をつぎつぎとする、話を楽しむ」叫做「話がはずむ」、「活発なようす」叫做「活気に満ちる」。在1級測驗裡類似這種平常常用的説法最常考。因此，不妨將它當成慣用語背下來。再從問題Ⅰ(2)的内容來看，因爲有「きっと、たぶん」的意思，因此，選擇「さぞ」這個答案。類似「さぞ」之類的語彙，不僅要記它的意思，且應和例句一起背，這樣比較具有學習效果，此外，在此類型的問題中，最常考的就是意義及使用方法相近的名詞、動詞等的區分，因此必須弄清它們各別的用法。

問題Ⅱ，是有關基本語彙的問題，每個基本語彙都有數個意思，例如：(1)的「いっぱい」，1是表示「コップ一杯」，2、4是表示「たくさん」，3是表示「今月の終わりまで」的意思，像問題Ⅱ這種題目，只要從1～4當中找出用「おわりまで」來代替「いっぱい」也能説得通的答案來，就會比較容易回答。

漢字　読み方

問題Ⅰ　次の文の下線をつけた漢字（漢字とかな）の読み方を、それぞれの1・2・3・4の
中から一つ選びなさい。

アパートの修理のことで家主に相談した。
　　　　　　　　　　　　　　(1)　　(2)

(1)　家主　　　　1．もちぬし　2．あるじ　　　3．やぬし　　　4．おおや

(2)　相談　　　　1．そうだん　2．そうたん　3．しょうだん　4．しょだん

日本間というのは多様に使い分け、用途に応じて仕切って使うこともできる。
(3)　　　　　　(4)　　　　　(5)

(3)　日本間　　　1．にほんま　2．にほんかん　3．にほんげん　4．にほんけん

(4)　多様　　　　1．とうよう　2．たざま　　　3．たよう　　　4．とうさま

(5)　用途　　　　1．よと　　　2．ようず　　　3．よど　　　　4．ようと

東南アジア諸国では、熱帯林の破壊が大きな悩みとなっている。
　　　　　　(6)　　　　(7)　　(8)　　　　(9)

(6)　諸国　　　　1．くにぐに　2．かっこく　3．しょこく　4．しゃこく

(7)　熱帯　　　　1．ねつたい　2．ねったい　3．ねつおび　4．あつおび

(8)　破壊　　　　1．はめつ　　2．はかい　　3．はそん　　4．ほうかい

(9)　悩み　　　　1．いたみ　　2．くるしみ　3．かなしみ　4．なやみ

価格は市場経済の中で、重要な役割を果たしている。
　　　(10)　　　　　　　　　　　　(11)

(10)　市場　　　　1．いちば　　2．いちじょう　3．しじょう　4．しば

(11)　果たして　　1．はたして　2．みたして　　3．かたして　4．わたして

たんに戦争や暴力の行使がなく、うわべだけ治安が保たれている状態は、消極的平和と言え
　　　　　　　　　(12)　　　　　　　(13)
るのではないか。

(12)　行使　　　　1．こうり　2．ぎょうし　3．ぎょうり　4．こうし

(13)　治安　　　　1．ちあん　2．じあん　　3．じゃん　　4．ちやす

みんなでなつかしい曲を合奏していると、部屋には明るく弾んだ空気が満ちてきた。
　　　　　　　　　　　(14)　　　　　　　　　　(15)

(14)　合奏　　　　1．がっしょう　2．がっそう　3．ごうそう　4．ごうしん

(15)　弾んだ　　　1．はずんだ　　2．とんだ　　3．だんだ　　4．ゆるんだ

心臓はタフなだけではなく、激しい運動や張りつめた緊張に応じて拍動を刻々変えていくしなやかなポンプでもある。

(16) 張りつめた　1．やりつめた　2．はりつめた　3．きりつめた　4．こりつめた

(17) 緊張　1．こちょう　2．こうちょう　3．きんちょう　4．しんちょう

(18) 応じて　1．じょうじて　2．こうじて　3．そうじて　4．おうじて

(19) 拍動　1．はくどう　2．こどう　3．ひゃくどう　4．ひょうどう

(20) 刻々　1．こっこっ　2．こくこく　3．こうこう　4．こんこん

問題II　次の文の下線をつけた漢字（漢字とかな）の読み方を、それぞれの1・2・3・4の中から一つ選びなさい。

装飾という概念は美という概念などとともに最も誤解されている概念の一つである。念のため字引を見ると、「色彩や線条などで建築や工芸品を美化すること」というような説明がされている。

(1) 装飾　1．そうしょく　2．しょうしょく　3．ふくしょく　4．しゅうしょく

(2) 概念　1．かんねん　2．がいねん　3．りねん　4．かんてん

(3) 美　1．み　2．び　3．うつくし　4．うるわし

(4) 最も　1．もうとも　2．もとも　3．もっとも　4．もとっも

(5) 誤解　1．ごかい　2．ごがい　3．こがい　4．こかい

(6) 念　1．ねん　2．ためし　3．そなえ　4．たしかめ

(7) 字引　1．じびく　2．じびき　3．じひき　4．じいん

(8) 色彩　1．しきさい　2．しょくさい　3．いろどり　4．いろあい

(9) 建築　1．けんせつ　2．けんちく　3．けんぞう　4．けんさく

(10) 説明　1．せいめい　2．せつめい　3．せんめい　4．せっめい

常に緊張感に取りまかれ、ストレスが蓄積される都市生活の中では、外界の煩しさと隔絶された世界で自分自身を解放し、心を休める時間と空間が必要である。

(11) 常　1．じょう　2．つね　3．とこ　4．いつも

(12) 緊張　1．きんちょう　2．きんはる　3．きちょう　4．きはり

(13) 蓄積　1．ちくさい　2．ちくつみ　3．ちくつも　4．ちくせき

(14) 都市	1．といち	2．とし	3．みやいち	4．とかい
(15) 外界	1．がいかい	2．そとかい	3．げかい	4．ほかかい
(16) 煩しさ	1．めまぐるしさ	2．にくらしさ	3．わずらわしさ	4．めずらしさ
(17) 隔絶	1．かくぜつ	2．へだぜつ	3．かくたえ	4．へだたえ
(18) 自身	1．じし	2．ししん	3．じしん	4．しみ
(19) 解放	1．ときはな	2．げほう	3．かいほう	4．ときほう
(20) 空間	1．くうかん	2．そらあい	3．くうけん	4．からかん

問題Ⅲ 次の文の下線をつけた漢字（漢字とかな）の読み方を、それぞれの１・２・３・４の
中から一つ選びなさい。

　桜の花の咲くころ、母が九十歳の天寿をまっとうし、昇天した。三年ほど前から寝たきりで、
(1)　　　　(2)　　　　　　　　　　　　(3)　　　　　(4)　　　　　　　　　　　　　(5)
家庭での介護は極限状態。二月下旬に武蔵野の面影が残る緑に囲まれた特別養護老人ホームに
　　　　(6)　　(7)　(8)　　　(9)　　　　　　(10)　　　　(11)　(12)　　　　　(13)
入所したばかりだった。
　亡くなるまでの１カ月間、わたしも、度々ホームを訪れ、職員の方々の献身的な仕事ぶりを
　(14)　　　　　　　　　　　　　　(15)　　　　(16)　　　　　　　　(17)
目の当たりにし、自分がいかに福祉というものについて無知であったか痛感させられた。
(18)　　　　　　　　　　　(19)　　　　　　　　　　　　　　　　(20)

(1) 桜	1．うめ	2．さくら	3．ゆり	4．きく
(2) 咲く	1．さく	2．ひらく	3．あく	4．むく
(3) 天寿	1．てんしゅ	2．でんしゅ	3．てんじゅう	4．てんじゅ
(4) 昇天した	1．しょてんした	2．しょってんした	3．しょうてんした	
	4．しってんした			
(5) 寝た	1．ふせた	2．しんた	3．ねた	4．ついた
(6) 介護	1．かんご	2．かいご	3．かいごう	4．かいほう
(7) 極限	1．きょくげん	2．きょうげん	3．きょげん	4．きょっけん
(8) 状態	1．ようだい	2．じょうのう	3．じょうだい	4．じょうたい
(9) 下旬	1．げしゅん	2．げじゅん	3．かじゅん	4．かしゅん
(10) 面影	1．めんえい	2．おもかげ	3．めんかげ	4．おもえい
(11) 緑	1．みどり	2．えん	3．ふち	4．りょく
(12) 囲まれた	1．つつまれた	2．かこまれた	3．いまれた	4．めぐまれた
(13) 養護	1．ほご	2．りょうご	3．ようごう	4．ようご

(14)	亡くなる	1．わるくなる	2．ひどくなる	3．なくなる	4．ぼうくなる
(15)	度々	1．どうどう	2．しばしば	3．たびたび	4．どど
(16)	訪れ	1．ほうれ	2．おとずれ	3．いたれ	4．ぼうれ
(17)	献身的	1．けんしんてき	2．こんしんてき	3．けんみてき	4．こんみてき
(18)	目の当たり	1．もくのあたり	2．ひのあたり	3．めのあたり	4．まのあたり
(19)	福祉	1．こうしゃ	2．はばし	3．ふくしゃ	4．ふくし

(20) 痛感させられた　　1．すうかんさせられた　　2．つうかんさせられた

　　　　　　　　　　　3．つうがんさせられた　　4．すうがんさせられた

漢字　書き方

問題Ⅰ　次の文の下線をつけた部分の、漢字（漢字とかな）の書き方を、それぞれの１・２・
３・４の中から一つ選びなさい。

人類の<u>きげん</u>、文明の<u>げんてん</u>のなぞは宇宙への<u>しんぴ</u>へとつながる。コンピューターとい
(1)　　　　　　　　　　(2)　　　　　　　　　　　　　　(3)
う<u>ちょうげんだい</u>に囲まれていても私たちはなお、<u>こだい</u>の遺跡に心ひかれる。
(4)　　　　　　　　　　　　　　　　　　　　　　(5)

(1)　きげん　　　　　　１．紀元　　　２．紀原　　　３．起元　　　４．起源

(2)　げんてん　　　　　１．源点　　　２．源店　　　３．原点　　　４．原店

(3)　しんぴ　　　　　　１．秘密　　　２．神秘　　　３．真秘　　　４．真密

(4)　ちょうげんだい　　１．超現代　　２．越現代　　３．徴現代　　４．過現代

(5)　こだい　　　　　　１．古台　　　２．固代　　　３．古代　　　４．固台

これは非常に<u>びみょう</u>な問題ですので<u>しんちょう</u>な判断が<u>のぞまれ</u>ます。先方の<u>いこう</u>もよ
(6)　　　　　　　　　　(7)　　　　　　　　　(8)　　　　　　　　(9)
く聞いたうえでお決めください。

(6)　びみょう　　１．徴妙　　　　２．微妙　　　３．美妙　　　４．美名

(7)　しんちょう　１．深長　　　　２．慎重　　　３．新調　　　４．伸長

(8)　のぞまれる　１．望まれる　　２．希まれる　３．臨まれる　４．期まれる

(9)　いこう　　　１．移行　　　　２．遺稿　　　３．威光　　　４．意向

プールの水質は以前よりずっとよくなってきたが、問題のあるプールが<u>かいむ</u>になったとは
(10)
言えない。水質の<u>いじ</u>管理を忘れば、たちまち水質は落ちてしまう。
(11)

(10)　かいむ　　１．改務　　２．階無　　３．皆無　　４．壊滅

(11)　いじ　　　１．意地　　２．為持　　３．推持　　４．維持

罪を<u>おかした</u>者は、必ず<u>つぐない</u>をしなければならない。
(12)　　　　　　　　(13)

(12)　おかした　　１．侵した　　２．犯した　　３．害した　　４．冒した

(13)　つぐない　　１．賞い　　　２．償い　　　３．報い　　　４．罰い

言語変化は、若い世代から始まるのが普通であるが、同じ時代に<u>ねんちょう</u>の人たちも生き
(14)
ているので、その変化がいつ起きたのかを<u>はあく</u>するのは難しい。
(15)

(14) ねんちょう　　1．年超　　2．年長　　3．念調　　4．念徴

(15) はあく　　　　1．把握　　2．把圧　　3．把悪　　4．把扱

　　しょうじきな人はそんをすると考えている人が、東京では60パーセントいじょうもいるという。このいじょうともいえる数字を、どうかいしゃくすればいいのだろうか。
<u>(16)</u>　<u>(17)</u>　<u>(18)</u>　<u>(19)</u>　<u>(20)</u>

(16) しょうじき　　1．正直　　2．常識　　3．公式　　4．上司

(17) そん　　　　　1．存　　　2．損　　　3．尊　　　4．憎

(18) いじょう　　　1．委譲　　2．一緒　　3．以上　　4．異常

(19) いじょう　　　1．委譲　　2．一緒　　3．以上　　4．異常

(20) かいしゃく　　1．解釈　　2．会社　　3．改作　　4．介借

問題 II　次の文の下線をつけた部分の、漢字（漢字とかな）の書き方を、それぞれの1・2・
　　　　　3・4の中から一つ選びなさい。

　　でんせんびょうよぼうのため、ワクチンのしゅうだんせっしゅがおこなわれた。
　　<u>(1)</u>　<u>(2)</u>　<u>(3)</u>　<u>(4)</u>　<u>(5)</u>

(1) でんせんびょう　1．伝染病　　2．伝線病　　3．伝宣病　　4．伝腺病

(2) よぼう　　　　　1．予妨　　　2．予防　　　3．予坊　　　4．予肪

(3) しゅうだん　　　1．衆団　　　2．集団　　　3．収団　　　4．就団

(4) せっしゅ　　　　1．接種　　　2．節酒　　　3．摂取　　　4．窃取

(5) おこなわれた　　1．行われた　2．施われた　3．仕われた　4．為われた

　　しげんほごやゴミの問題が大きくなるにつれ、スーパーやデパートが野菜や魚をプラスチッ
　　<u>(6)</u>　<u>(7)</u>
クケースなどに入れて売るのをかじょうほうそうであるとしてきする声が強くなった。
　　　　　　　　　　　　　　　　　　　　<u>(8)</u>　<u>(9)</u>　<u>(10)</u>

(6) しげん　　　　1．資元　　2．資原　　3．資権　　4．資源

(7) ほご　　　　　1．保護　　2．保御　　3．補互　　4．補誤

(8) かじょう　　　1．簡条　　2．渦状　　3．過剰　　4．加乗

(9) ほうそう　　　1．放送　　2．法曹　　3．包装　　4．抱粧

(10) してき　　　　1．指摘　　2．私的　　3．詩的　　4．自適

人々の<u>このみ</u>が、<u>かくじつ</u>に<u>かわって</u>きている。<u>へんけん</u>や<u>せんにゅう</u>観を<u>すてた</u>、本物<u>しこう</u>
(11) (12) (13) (14) (15) (16) (17)
の人々が<u>ふえて</u>きているのである。その<u>はいけい</u>にあるのが、<u>ゆたか</u>さ、ゆとりである。
(18) (19) (20)

(11)	このみ	1．好み	2．恋み	3．愛み	4．喜み
(12)	かくじつ	1．確日	2．確実	3．覚質	4．覚実
(13)	かわって	1．代わって	2．替わって	3．交わって	4．変わって
(14)	へんけん	1．偏嫌	2．編嫌	3．偏見	4．変見
(15)	せんにゅう	1．選入	2．潜入	3．先入	4．薦入
(16)	すてた	1．拾てた	2．捨てた	3．舎てた	4．指てた
(17)	しこう	1．思考	2．志向	3．意向	4．私考
(18)	ふえて	1．増えて	2．殖えて	3．足えて	4．満えて
(19)	はいけい	1．拝啓	2．背敬	3．拝景	4．背景
(20)	ゆたか	1．富か	2．潤か	3．豊か	4．満か

問題III 次の文の下線をつけた部分の、漢字（漢字とかな）の書き方を、それぞれの１・２・
　　　　３・４の中から一つ選びなさい。

　車メーカーがこぞって、社会的<u>ちい</u>のある<u>おちついた</u>男性のイメージを前面に出しているわ
(1) (2)
けは、実は国産車の<u>しゅりゅう</u>を高級車に<u>いこうさせよう</u>とする<u>いと</u>からではないかと思う。
(3) (4) (5)
他国車の<u>ひんしつ</u>は、じき<u>こうじょうする</u>であろうし、世界的<u>きぼ</u>でみれば安い小型車の<u>じゅよう</u>
(6) (7) (8) (9)
も多いだろう。日本も<u>じょじょに</u>に高級車で国際的に<u>しょうぶする</u>時がくるかもしれない。
(10) (11)

(1)	ちい	1．他位	2．位置	3．地直	4．地位
(2)	おちついた	1．落ち着いた	2．押し付いた	3．落ち養いた	4．押し着いた
(3)	しゅりゅう	1．首流	2．集流	3．主流	4．守流
(4)	いこうさせよう	1．意向させよう	2．以降させよう	3．移行させよう	
		4．以後させよう			
(5)	いと	1．糸	2．意図	3．一途	4．移動
(6)	ひんしつ	1．資質	2．品質	3．均質	4．費質
(7)	こうじょうする	1．向上する	2．工場する	3．好状する	4．幸乗する
(8)	きぼ	1．規模	2．希望	3．規摸	4．稀望

(9) じゅよう　　　　1．収容　　　2．重要　　　3．収納　　　4．需要

(10) じょじょに　　　1．序々に　　2．除々に　　3．徐々に　　4．上々に

(11) しょうぶする　　1．勝負する　2．争負する　3．勝敗する　4．争敗する

　　米国は1980年に食生活の<u>かいぜん</u>で<u>ひまん</u>を<u>ふせぐ</u>など、15<u>こうもく</u>について10年計画をた
　　　　　　　　　　　　(12)　　　　(13)　　　(14)　　　　　(15)
てたが、<u>きげん</u>を2年後に<u>ひかえた</u>今、<u>もくひょう</u><u>たっせい</u>は、なお、<u>むずかしそう</u>だ。
　　　　(16)　　　　　　(17)　　　　　(18)　　　(19)　　　　　　(20)

(12) かいぜん　　　　1．改養　　　2．改善　　　3．改良　　　4．快良

(13) ひまん　　　　　1．腹満　　　2．腹慢　　　3．肥満　　　4．肥慢

(14) ふせぐ　　　　　1．訪ぐ　　　2．妨ぐ　　　3．防ぐ　　　4．肪ぐ

(15) こうもく　　　　1．箇目　　　2．貢木　　　3．項目　　　4．固木

(16) きげん　　　　　1．期限　　　2．起源　　　3．機嫌　　　4．規原

(17) ひかえた　　　　1．待えた　　2．持えた　　3．来えた　　4．控えた

(18) もくひょう　　　1．目表　　　2．目標　　　3．目票　　　4．目評

(19) たっせい　　　　1．達成　　　2．建制　　　3．脱生　　　4．立証

(20) むずかしそう　　1．務しそう　2．困しそう　3．勤しそう　4．難しそう

問題Ⅰ　次の(1)から(10)は、ある言葉の意味を説明したものです。それぞれの説明にあう用例を
1・2・3・4の中から一つ選びなさい。

(1)　送る……すごす

1．子供を学校に<u>送って</u>いく。

2．この手紙は速達で<u>送って</u>ください。

3．何もせずにぼんやりと毎日を<u>送って</u>いる。

4．すばらしい歌に拍手を<u>送った</u>。

(2)　さわる……害になる、さしつかえる

1．お気に<u>さわったら</u>かんべんしてください。

2．彼の話し方は神経に<u>さわる</u>。

3．そんなにタバコを吸ったら、体に<u>さわります</u>よ。

4．そのスイッチに<u>さわらない</u>でください。

(3)　おぼえ……自分が経験したことを記憶していること

1．そんなことをいった<u>おぼえ</u>はない。

2．柔道なら腕に<u>おぼえ</u>がある。

3．この子は<u>おぼえ</u>が早いから、すぐ一人前になるだろ。

4．忘れないように<u>おぼえ</u>書を作ろう。

(4)　ひびく……悪い影響を与える

1．物価高が生活に<u>ひびく</u>。

2．鐘の音が町中に<u>ひびく</u>。

3．友人の誠意に満ちた忠告は胸に<u>ひびいた</u>。

4．稲妻が光り、雷が<u>ひびいた</u>。

(5)　とく……解除する

　　1．誤解を<u>とく</u>のに苦労した。

　　2．一週間たって、やっと警戒を<u>といた</u>。

　　3．この問題を<u>とく</u>には、時間がかかる。

　　4．あの失敗がなければ、職を<u>とく</u>ことはなかったのだが…。

(6)　通す……はじめから終わりまで続ける

　　1．冷たい空気がセーターを<u>通して</u>体に伝わってくる。

　　2．客を応接間に<u>通した</u>。

　　3．この辺に地下鉄を<u>通す</u>計画がある。

　　4．彼は生涯独身で<u>通した</u>。

(7)　耳……音を聞きわける体の部分

　　1．ちょっとお<u>耳</u>に入れたいことがあるんですが…。

　　2．うるさいので<u>耳</u>に栓をして寝た。

　　3．あのおじさんは少し<u>耳</u>が遠いんです。

　　4．借りた金は来週まで<u>耳</u>をそろえて返す。

(8)　出る……起こる、生じる

　　1．これを飲めば元気が<u>出ます</u>よ。

　　2．やっと結論が<u>出た</u>。

　　3．反対もあったが、何とか許しが<u>出た</u>。

　　4．これは去年<u>出た</u>本だ。

(9)　寄る……近づく

　　1．危ないからそばに<u>寄ら</u>ないでください。

　　2．その男は、柱に<u>寄り</u>かかって立っていた。

　　3．このスカートはしわが<u>寄り</u>やすい。

　　4．仕事の帰りに酒場に<u>寄って</u>、みんなで酒を飲んだ。

(10)　きれい……よごれていない

　　1．口では<u>きれい</u>なことを言うが、本心は怪しいものだ。

　　2．食事の前には、手を<u>きれい</u>に洗いなさい。

　　3．おいしかったので、<u>きれい</u>に食べてしまった。

　　4．<u>きれい</u>な部屋ですね。花や絵がかざってあって。

問題Ⅱ　次の(1)から(15)は、ある言葉の意味を説明したものです。それぞれの説明に合う用例を
　　　　1・2・3・4の中から一つ選びなさい。

(1)　さっぱり……こだわるところがない、あっさり

　　1．この問題は<u>さっぱり</u>わからない。

　　2．顔を洗うと<u>さっぱり</u>する。

　　3．彼は<u>さっぱり</u>あきめらた。

　　4．<u>さっぱり</u>返事が来ない。

(2)　感覚……感受性、センス

　　1．冷たくて指の<u>感覚</u>がなくなった。

　　2．新しい<u>感覚</u>でデザインする。

　　3．目が見えなくても手の<u>感覚</u>でわかる。

　　4．まっ暗な所では<u>感覚</u>だけが頼りだ。

(3)　進む……はかどる、うまくいく

　　1．人の列がゆっくり前に<u>進む</u>。

　　2．高校へ<u>進む</u>。

　　3．この部屋にいると仕事が<u>進む</u>。

　　4．空気汚染が年々<u>進む</u>。

(4)　済む……満足する、落ち着く

　　1．言いたいことを言って気が<u>済む</u>なら、言いなさい。

　　2．ローンの支払いが<u>済む</u>と、ホッとした。

　　3．もうすぐ<u>済む</u>と思いますので、ちょっと待ってください。

　　4．そんなことで<u>済む</u>と思ったら、大まちがいだ。

(5) する……考える、見なす

  1．彼を味方にするのは簡単だ。

  2．その本は3000円もするらしい。

  3．ばかにするのはやめてくれ。

  4．掃除をするのは1週間に1回だ。

(6) いくら……どんなに、どれほど

  1．最近いくらかやせたようだ。

  2．残りはいくらもない。

  3．いくら呼んでも返事がない。

  4．値段がいくらでも買うつもりだ。

(7) おかしい……変だ、異常だ

  1．あんまりおかしいので涙が出てきた。

  2．彼女の行動はどうもおかしい。

  3．おかしい話をきいて笑いすぎた。

  4．あのコメディー番組は、本当におかしいよ。

(8) のびる……時期が遅くなる

  1．会議がのびて、帰りが遅くなった。

  2．平均寿命がのびて、八十歳をこえた。

  3．雨のため出発がのびた。

  4．新幹線は青森までのびる予定だった。

(9) とめる……やめさせる

  1．ここに車をとめないでください。

  2．息をとめて、じっとしている。

  3．この薬は痛みをとめるのに使う。

  4．けんかをとめようとして、なぐられた。

⑽　時……ちょうどその瞬間

　　１．時の流れの中で人の心も変化する。

　　２．時のたつのも忘れて本を読みふけった。

　　３．銃声がした時、どこにいましたか。

　　４．若い時はもう二度と来ない。

⑾　点……見方

　　１．「大」の右肩に点を打てばイヌになる。

　　２．今度のテストの点はどうだった。

　　３．いろいろな点から考えて、この方法が一番いいと思う。

　　４．試合終了直前にやっと点が入った。

⑿　手……仕事をする人

　　１．今、手が離せない仕事があって。少し待っていただけませんか。

　　２．この仕事は私の手に余ります。

　　３．あっちは手が足りないようだから、手伝いに行ってくれ。

　　４．彼とはもう手を切った。

⒀　冷たい……好意的でないようす

　　１．森の空気は冷たく、すんでいた。

　　２．みんな冷たい目で、わたしを見た。

　　３．父は、わたしが病院にかけつけたとき、すでに冷たくなっていた。

　　４．冷たいごはんは、おいしくない。

⒁　つまる……いっぱいで時間的余裕がない

　　１．来週は仕事がつまっていて、出席ができないかもしれません。

　　２．セーターを洗ったら、丈がつまってしまった。

　　３．あまりの感動に胸がつまって、一言も話せなかった。

　　４．箱の中にはいろいろなお菓子がいっぱいつまっていた。

(15) 力……援助

　　1．大試合では本来の力を出せない選手も多い。

　　2．ダムでは水の力で電気をおこしている。

　　3．完成まで多くの人の力を借りた。

　　4．みんなで力を合わせてやれば、きっと成功する。

問題III　次の(1)から(15)は、ある言葉の意味を説明したものです。それぞれの説明にあう用例を

　　　　　　1・2・3・4の中から一つ選びなさい。

(1)　はかる……ほかの意見はどうであるか、聞いてみる

　　1．委員会にはかって、決定する。

　　2．自分の利益をはかる。

　　3．彼の本当の気持ちはどうなのか、はかりかねている。

　　4．自殺をはかる。

(2)　顔……表情

　　1．太陽が地平線から顔を出した。

　　2．二人はびっくりして顔を見合わせた。

　　3．こまった顔をする。

　　4．朝、顔を洗う。

(3)　落ちる……ぬける

　　1．山田さんの名前が予約リストから落ちていた。

　　2．ハンカチが落ちましたよ。

　　3．コーヒーのしみは落ちにくい。

　　4．試験に落ちた。

(4)　山……予想を立てた部分

　　1．質問が山ほどある。

　　2．山に登る。

　　3．物語は山にさしかかった。

　　4．試験で山がはずれてしまった。

(5) 鋭い……すぐれている

   1．鋭く、とがった剣。

   2．犬は鼻が鋭い。

   3．警官は目付きの鋭い人が多い。

   4．あの評論家はなかなか鋭い点をついてくる。

(6) 挙げる……人にわかるように示す

   1．犯人を挙げる。

   2．結婚式を挙げる。

   3．例を挙げて説明する。

   4．国を挙げて、成功を祝った。

(7) 先……将来

   1．枝の先に赤い実がなっている。

   2．仕事を辞めて、これから先どうするつもりなのだろう。

   3．用事があるので先に失礼します。

   4．この少し先に郵便局があります。

(8) 日……昼間の時間

   1．結婚式の日を決める。

   2．試験までもうあまり日がない。

   3．11月になると急に日が短くなる。

   4．これは若い日の思い出の写真です。

(9) 読む……文字に書かれたものを見て理解する

   1．人の心を読む。

   2．日本の漢字は読み方がたくさんある。

   3．本を読んで、感想文を書く。

   4．子供に本を読んでやる。

(10)　練る……工夫する

　　1．パンの生地を<u>練る</u>。

　　2．小説の原稿を<u>練る</u>。

　　3．デモ行進が街頭を<u>練り歩いた</u>。

　　4．よく<u>練った土</u>で作ったつぼはすばらしい。

(11)　自然……ひとりでに

　　1．この海の<u>自然</u>は守らなければならない。

　　2．病気は<u>自然</u>に良くなった。

　　3．彼の演技は非常に<u>自然</u>だ。

　　4．彼はよく陰口を言うので、友人ができないのは<u>自然</u>だ。

(12)　手……方法

　　1．子供には本当に<u>手</u>がかかる。　　　2．先生に、作文に<u>手</u>を入れてもらった。

　　3．右<u>手</u>に見えるのが、新しい本社ビルです。　　4．あの<u>手</u>この<u>手</u>で、やっと彼を説得した。

(13)　つける……はっきりさせる

　　1．今度こそ彼と話を<u>つける</u>。

　　2．あの場所には以前から目を<u>つけ</u>ていた。

　　3．うまい物でも食べて力を<u>つけて</u>ください。

　　4．夜、後ろからだれかに<u>つけられた</u>。

(14)　招く……引き起こす

　　1．誕生日に友人を家に<u>招いた</u>。　　　2．駅で見知らぬ人に手で<u>招かれた</u>。

　　3．今度の講演には彼を<u>招こう</u>。　　　4．彼の一言が失敗を<u>招いた</u>。

(15)　味……物事から感じられるよさ

　　1．こんな<u>味</u>の料理は今まで味わったことがない。

　　2．彼はなかなか<u>味</u>のある人物だ。

　　3．彼は<u>味</u>にうるさい。

　　4．生まれて初めて苦労の<u>味</u>を知った。

問題Ⅰ　次の文の下線の部分に入れるのに最も適当なものを、それぞれの１・２・３・４の中

から一つ選びなさい。

(1)　直接会っておわびしなければ_____。

　　１．気がつかない　　２．気がきかない　　３．気がすまない　　４．気にならない

(2)　まだ話したそうだったので先を_____と、彼は得意になってしゃべり続けた。

　　１．うながす　　２．さそう　　３．たのむ　　４．おす

(3)　勉強は好きではないが、進学しなければ親は_____しないだろう。

　　１．承認　　２．認知　　３．確認　　４．承知

(4)　彼は絶対に_____を許さない性格だ。

　　１．協調　　２．妥協　　３．協同　　４．協定

(5)　1988年、ソウルでオリンピックが_____された。

　　１．開始　　２．開幕　　３．開催　　４．開会

(6)　彼は政治家というより_____実業家だ。

　　１．かえって　　２．むしろ　　３．まさか　　４．まさに

(7)　研究はすばらしい_____をあげた。

　　１．成功　　２．効用　　３．成果　　４．結果

(8)　今日は歩きすぎて、もう_____だ。

　　１．へとへと　　２．ぎりぎり　　３．ずきずき　　４．いらいら

(9)　高い所にのぼると、こわくて足が_____。

　　１．ふるえる　　２．ふれる　　３．ゆれる　　４．ゆする

(10)　_____をつくしましたが、だめでした。

　　１．最上　　２．最高　　３．最善　　４．最良

問題II 次の文の＿＿＿＿の部分に入れるのに最も適当なものを、それぞれの1・2・3・4の中から一つ選びなさい。

(1) 彼が犯人であるということは、だれの目にも＿＿＿＿ではないか。

1. 鮮<ruby>鮮<rt>あざ</rt></ruby>やか　　2. ほがらか　　3. 清らか　　4. 明らか

(2) 周知の＿＿＿＿、日本では牛肉は高価な食品である。

1. ごとく　　2. ほど　　3. よると　　4. よって

(3) 目先の利益に＿＿＿＿、みんなのためになる道をえらぶことはむずかしい。

1. <ruby>奪<rt>うば</rt></ruby>われず　　2. とらわれず　　3. <ruby>巻<rt>ま</rt></ruby>き<ruby>込<rt>こ</rt></ruby>まれず　　4. 変えられず

(4) この仕事をまた山本さんに頼んで、＿＿＿＿をかけて申し訳ない。

1. 負担　　2. 重荷　　3. 責任　　4. 任務

(5) 相手は新人だから＿＿＿＿説明しなければならない。

1. ぺらぺら　　2. たまたま　　3. のろのろ　　4. いちいち

(6) あの人はいつも、ほかの人のことを＿＿＿＿ばかりいて、ちっとも自分の仕事をしない。

1. 気に入って　　2. 気になって　　3. 気がついて　　4. 気にして

(7) 一人の患者の＿＿＿＿に、長ければ30分はかかる。

1. 病状　　2. 判別　　3. 診断　　4. 判断

(8) 相手の顔をじっと＿＿＿＿。

1. みつめる　　2. ながめる　　3. みまもる　　4. みはる

(9) 酔った人を＿＿＿＿。

1. 介抱する　　2. 看護する　　3. 看病する　　4. みとる

(10) 雨の音が耳に＿＿＿＿、眠れない。

1. ふれて　　2. はいって　　3. して　　4. ついて

(11) 男は＿＿＿＿をしてはいけないと言われていた。

1. 言い訳　　2. 言い逃れ　　3. 申し訳　　4. 申し開き

⑿ _____も言わずに出かけてしまった。

　　1．行方　　2．行き先　　3．出先　　4．旅行

⒀ 命令を_____に守る。

　　1．着実　　2．忠実　　3．堅実　　4．誠実

⒁ 内科は日曜と木曜が_____です。

　　1．休業　　2．休講　　3．休診　　4．休日

⒂ 大阪行きの飛行機は、悪天候のため名古屋に_____。

　　1．着地した　　2．到達した　　3．着陸した　　4．上陸した

問題Ⅲ　次の文の_____の部分に入れるのに、最も適当なものをそれぞれの１・２・３・４の
　　　　　中から一つ選びなさい。

⑴ 自分の個性が_____職業を選びたい。

　　1．表れる　　2．生かせる　　3．長ずる　　4．実る

⑵ わたし_____としては賛成だ。

　　1．一人　　2．一身　　3．個人　　4．個別

⑶ 早く来すぎたので、喫茶店で時間を_____。

　　1．ついやした　　2．つぶした　　3．かけた　　4．つかいはたした

⑷ 最近の若い人の言葉の_____は目に余る。

　　1．もつれ　　2．たるみ　　3．乱れ　　4．荒れ

⑸ 失敗したとき、へんに同情されると_____みじめになる。

　　1．かえって　　2．むしろ　　3．逆に　　4．いっそ

⑹ メートルは地球の大きさを_____にして決められた。

　　1．水準　　2．基準　　3．標準　　4．平均

(7) 天気が悪いから、きょうの登山は＿＿＿ほうがいいだろう。

　　1．ひるんだ　　2．見合わせた　　3．ためらった　　4．こらえた

(8) 時間がないので、要点だけ＿＿＿言います。

　　1．取り立てて　　2．より分けて　　3．選びとって　　4．かいつまんで

(9) 今度の仕事で前回の汚名を＿＿＿。

　　1．返還する　　2．返却する　　3．返済する　　4．返上する

(10) 最近の技術の進歩は非常に＿＿＿。

　　1．目が早い　　2．目新しい　　3．目ざましい　　4．目ざとい

(11) あまり先＿＿＿、失敗しないようにしてください。

　　1．走って　　2．がけて　　3．立って　　4．回って

(12) わずか２年であの経済的打撃から立ち＿＿＿。

　　1．止まった　　2．入った　　3．上がった　　4．直った

(13) あの事故が＿＿＿になって、反対運動が起きた。

　　1．火ぶた　　2．足がかり　　3．引きがね　　4．引きぎわ

(14) 台風のため、大会は＿＿＿延期された。

　　1．急激に　　2．一躍　　3．一挙　　4．急きょ

(15) ご注文の商品は＿＿＿品切れです。

　　1．せっかく　　2．あいにく　　3．わざわざ　　4．やむを得ず

聴解

聴解

⊙出題傾向

　　1級的聽力測驗，要求能完全聽懂以平常速度所説的日語内容。

　　它的出題方式包括邊看圖書，邊聽錄音帶，然後找出符合錄音帶内容的圖畫，以及根據男女二人的對話，或是一個人的説話内容回答問題等。

⊙出題例

　　類似看圖回答問題。最常的内容是圖表解説，或是説明某事的步驟，或是情景的描寫等。

　　而聽會話回答題問，最常考的是該會話的主旨，以及其後續發將會如何？在何時？何地？做什麼？該如何？怎樣去做？等。另外，也有考二人對於談話内容的感想、説話者的心情等。

　　至於一個人的説話内容則是以演講、講課、新聞、收音機或電視節目、百貨公司及機場的廣播……等爲主。

⊙自我評量

　　聽力測驗是邊聽錄音帶邊在考試時間内將答案寫在答案紙上。無論是會話、題目或選擇項等都只播放一次。要是漏聽了就不妙了，所以有必要先習慣考試的形式。考試時若有不懂的問題也毋須慌張，暫且寫下答案，將注意力集中在下一個問題。

　　在聽錄音帶時，除了要掌握住全篇大意外，同時也要注意細節部分，留意不要漏聽了答題的關鍵。推測該會話是怎麼樣的情況，目的何在，如此一來就比較容易抓住説話的重點了。

テープを聞いて「正しい」「正しくない」の質問に答えなさい。問題Iは、絵や図を見ながら答えなさい。問題II・問題III・問題IVはテープだけを聞いて答える問題です。

問題 I

例

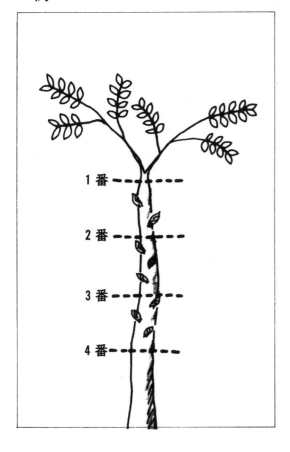

1番

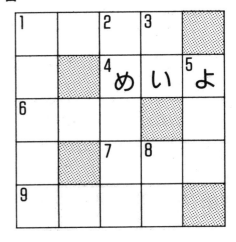

2番

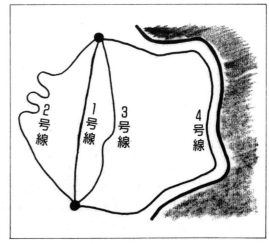

3番

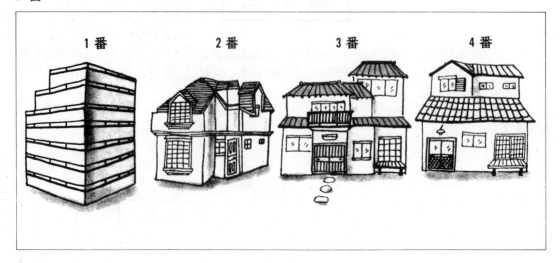

| 1番 | 2番 | 3番 | 4番 |

4番

| 1番 | 2番 | 3番 | 4番 |

解答用紙

	問題Ⅰ　解答欄		問題Ⅱ　解答欄		問題Ⅲ　解答欄		問題Ⅳ　解答欄
例	正しい　①●③④ 正しくない●②●●	例	正しい　①●③④ 正しくない●②●●	例	正しい　①②●④ 正しくない●①③●	例	正しい　①②③● 正しくない●●③④
1.	正しい　①②③④ 正しくない①②③④	1.	正しい　①②③④ 正しくない①②③④	1.	正しい　①②③④ 正しくない①②③④	1.	正しい　①②③④ 正しくない①②③④
2.	正しい　①②③④ 正しくない①②③④	2.	正しい　①②③④ 正しくない①②③④	2.	正しい　①②③④ 正しくない①②③④	2.	正しい　①②③④ 正しくない①②③④
3.	正しい　①②③④ 正しくない①②③④	3.	正しい　①②③④ 正しくない①②③④	3.	正しい　①②③④ 正しくない①②③④	3.	正しい　①②③④ 正しくない①②③④
4.	正しい　①②③④ 正しくない①②③④	4.	正しい　①②③④ 正しくない①②③④	4.	正しい　①②③④ 正しくない①②③④	4.	正しい　①②③④ 正しくない①②③④

テープを聞いて「正しい」「正しくない」の質問に答えなさい。問題Iは、絵や図を見ながら答えなさい。問題II・問題III・問題IVはテープだけを聞いて答える問題です。

問題 I

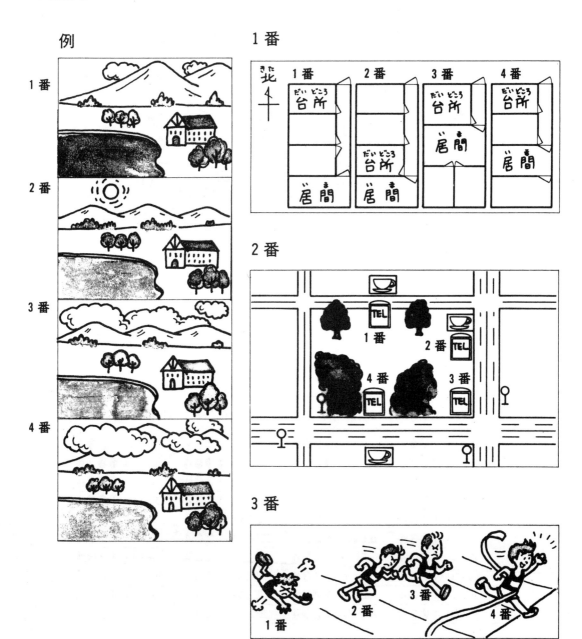

4番

解答用紙

	問題 I 解答欄		問題 II 解答欄		問題 III 解答欄		問題 IV 解答欄
例	正しい ①②●④ 正しくない●●③●	例	正しい ①②③● 正しくない●●●④	例	正しい ①②③● 正しくない●●●④	例	正しい ①②●④ 正しくない●●③●
1.	正しい ①②③④ 正しくない①②③④	1.	正しい ①②③④ 正しくない①②③④	1.	正しい ①②③④ 正しくない①②③④	1.	正しい ①②③④ 正しくない①②③④
2.	正しい ①②③④ 正しくない①②③④	2.	正しい ①②③④ 正しくない①②③④	2.	正しい ①②③④ 正しくない①②③④	2.	正しい ①②③④ 正しくない①②③④
3.	正しい ①②③④ 正しくない①②③④	3.	正しい ①②③④ 正しくない①②③④	3.	正しい ①②③④ 正しくない①②③④	3.	正しい ①②③④ 正しくない①②③④
4.	正しい ①②③④ 正しくない①②③④	4.	正しい ①②③④ 正しくない①②③④	4.	正しい ①②③④ 正しくない①②③④	4.	正しい ①②③④ 正しくない①②③④

第 3 回

テープを聞いて「正しい」「正しくない」の質問に答えなさい。問題Iは、絵や図を見ながら答えなさい。問題II・問題III・問題IVはテープだけを聞いて答える問題です。

問題 I

例

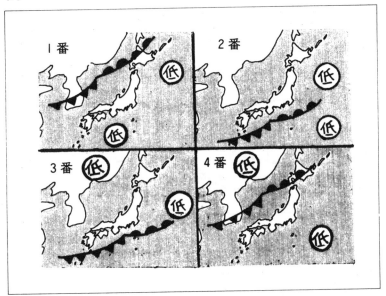

1番

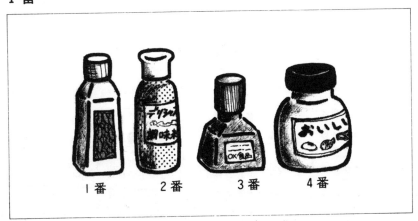

2番

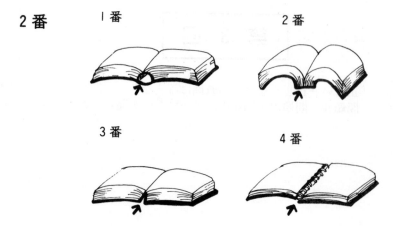

3番

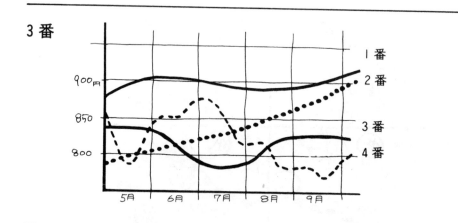

4番

17%	36%	

19%	24%	

解答用紙

	問題 I 解答欄		問題 II 解答欄		問題 III 解答欄		問題 IV 解答欄
例	正しい ①②●④	例	正しい ●②③④	例	正しい ●②③④	例	正しい ①②③●
	正しくない ●●③●		正しくない ①●●●		正しくない ①●●●		正しくない ●●●④
1.	正しい ①②③④	1.	正しい ①②③④	1.	正しい ①②③④	1.	正しい ①②③④
	正しくない ①②③④		正しくない ①②③④		正しくない ①②③④		正しくない ①②③④
2.	正しい ①②③④	2.	正しい ①②③④	2.	正しい ①②③④	2.	正しい ①②③④
	正しくない ①②③④		正しくない ①②③④		正しくない ①②③④		正しくない ①②③④
3.	正しい ①②③④	3.	正しい ①②③④	3.	正しい ①②③④	3.	正しい ①②③④
	正しくない ①②③④		正しくない ①②③④		正しくない ①②③④		正しくない ①②③④
4.	正しい ①②③④	4.	正しい ①②③④	4.	正しい ①②③④	4.	正しい ①②③④
	正しくない ①②③④		正しくない ①②③④		正しくない ①②③④		正しくない ①②③④

第 4 回

テープを聞いて「正しい」「正しくない」の質問に答えなさい。問題Ⅰは、絵や図を見ながら答えなさい。問題Ⅱ・問題Ⅲ・問題Ⅳはテープだけを聞いて答える問題です。

問題Ⅰ

例

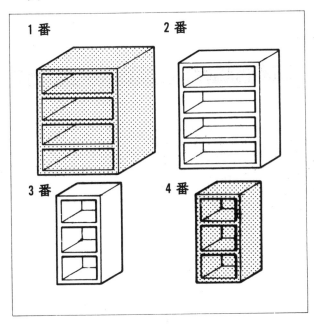

1番

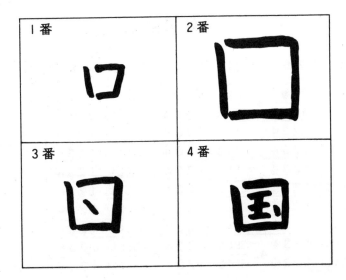

2番

3番

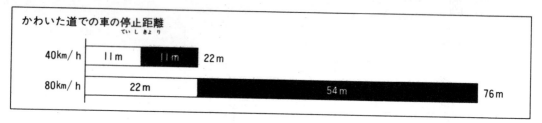

4番

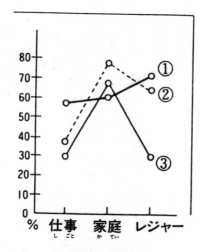

解答用紙

	問題I 解答欄		問題II 解答欄		問題III 解答欄		問題IV 解答欄
例	正しい ①②●④ 正しくない ●●③●	例	正しい ●②③④ 正しくない ①●●●	例	正しい ①②③● 正しくない ●●●④	例	正しい ①②③● 正しくない ●●●④
1.	正しい ①②③④ 正しくない ①②③④	1.	正しい ①②③④ 正しくない ①②③④	1.	正しい ①②③④ 正しくない ①②③④	1.	正しい ①②③④ 正しくない ①②③④
2.	正しい ①②③④ 正しくない ①②③④	2.	正しい ①②③④ 正しくない ①②③④	2.	正しい ①②③④ 正しくない ①②③④	2.	正しい ①②③④ 正しくない ①②③④
3.	正しい ①②③④ 正しくない ①②③④	3.	正しい ①②③④ 正しくない ①②③④	3.	正しい ①②③④ 正しくない ①②③④	3.	正しい ①②③④ 正しくない ①②③④
4.	正しい ①②③④ 正しくない ①②③④	4.	正しい ①②③④ 正しくない ①②③④	4.	正しい ①②③④ 正しくない ①②③④	4.	正しい ①②③④ 正しくない ①②③④

第 5 回

テープを聞いて「正しい」「正しくない」の質問に答えなさい。問題 I は、絵や図を見ながら答えなさい。問題 II・問題 III・問題IVはテープだけを聞いて答える問題です。

問題 I

例

1番	2番
神谷祥子	神屋祥子
3番	4番
紙矢洋子	紙屋洋子

1番

1番　　2番　　3番　　4番

2番

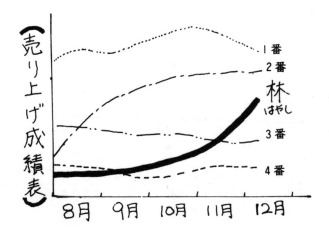

（売り上げ成績表）

1番
2番
林
はやし
3番
4番

8月　9月　10月　11月　12月

3番

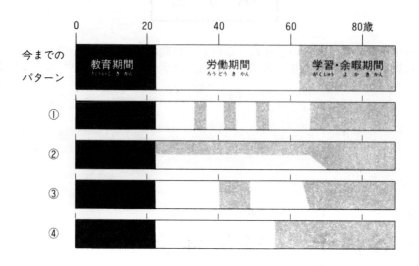

4番

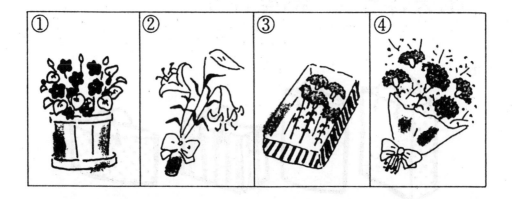

解答用紙

	問題Ⅰ 解答欄		問題Ⅱ 解答欄		問題Ⅲ 解答欄		問題Ⅳ 解答欄
例	正しい ①●③④	例	正しい ●②③④	例	正しい ①②●④	例	正しい ●②③④
	正しくない●②●●		正しくない①●●●		正しくない●●③●		正しくない①●●●
1.	正しい ①②③④	1.	正しい ①②③④	1.	正しい ①②③④	1.	正しい ①②③④
	正しくない①②③④		正しくない①②③④		正しくない①②③④		正しくない①②③④
2.	正しい ①②③④	2.	正しい ①②③④	2.	正しい ①②③④	2.	正しい ①②③④
	正しくない①②③④		正しくない①②③④		正しくない①②③④		正しくない①②③④
3.	正しい ①②③④	3.	正しい ①②③④	3.	正しい ①②③④	3.	正しい ①②③④
	正しくない①②③④		正しくない①②③④		正しくない①②③④		正しくない①②③④
4.	正しい ①②③④	4.	正しい ①②③④	4.	正しい ①②③④	4.	正しい ①②③④
	正しくない①②③④		正しくない①②③④		正しくない①②③④		正しくない①②③④

読解・文法

読解

●出題傾向

　　　大致歸劃1級日語能力測驗的閱讀部分考題，可知它是由長篇及短篇文章中衍生出來的。

　　　長篇文章的問題，文長約1000字，讀過後根據該內容來回答問題。出題範圍有從一般的焦點新聞中選出的一則報導，或是從一般性的讀物的內容有摘取其有歸納整理的部分等。出題內容很廣泛，舉凡文章主旨、文中的句義、接續詞的選擇、指示語（「これ」及「それ」等）指的是什麼？主語是誰、什麼？或是由前後文脈中擇一適切用語填入空欄中等，包羅萬象。

　　　短篇文章的問題是由50至150字左右的短文組成，閱讀過後，根據該文來回答問題。最常出現的短文考題常包含有複雜的用語或表達方法等。現在我們來看以下的實例。

●出題例（由實際考題中摘出）

問題　次の文を読んで、それぞれの問いに対する答として最も適当なものを1・2・3・4から一つ選びなさい。

⑴　「なんといっていいか」と高校の先生が思わず絶句したほど、子供たちの活字離れが大変な勢いで広がっている。

【問い】　上の文はどんな意味か。

1　今の子供たちは、高校の先生が考えているほど、本を読まなくなったわけではない。

2　今の子供たちは、高校の先生が何と言っても、よく本を読まなくなった。

3　今の子供たちは、高校の先生がびっくりしたほど、本を読まなくなった。

4　今の子供たちは、高校の先生が何も言わないので、あまり本を読まなくなった。

⑵　君ともあろうものが、こんなことをするとはどういう

ことかね。

【問い】　この文の話し手は、聞き手（＝「君」）に対
して、どういう気持ちをもっているのか。

1　聞き手のことをふだんから高く評価しているが、今
回のことについては特に感心している。

2　聞き手のことをふだんから高く評価しているが、今
回のことについては責めている。

3　聞き手のことをふだんから高く評価していないが、
今回のことについては特に責めている。

4　聞き手がした今回のことを、責めてよいのか、感心
してよいのか、判断に困っている。

◉自我評量

答案：(1)3(2)2。(1)是1988年度1級考題的部分修正，(2)是1989年度的實際考題。

第(1)題中是否理解「先生が思わず絶句した」與「活字離れが広がっている」所代表的意思是關鍵所在。「絶句する」並非是「何も言わない」的意思，如果知道它是指「驚いた、びっくりした」的話，那麼就會選3了。

第(2)題不是直接在問句意，而是問文中說話者的心情。所謂「君ともあろうものが」就是指「君のように能力のある人がどうして……」的意思，是一種氣餒灰心時的用語。

短文的閱讀問題主要幾乎都是用較短而簡單、且經過整理的方式來代替原文。

◉出題傾向

若用等級來區分有關文法部分的日語能力測驗，在認定基準時，4級相當於「初步文法」，3級相當於「基本文法」，2級相當於「較高程度文法」，1級則相當於「高級文法」。文法能力是要循序漸進累積而來，因此，跳過「基本文法」不學而直接去學「高級文法」是不可能的。擁有確實的文

文法

法基礎才是最重要的。

　　具體的1級的高級文法是什麼呢？現在就讓我們以過去
的實際考題為例，做一說明：

◉出題例（從實際考題中摘出）

問題　次の文の＿＿＿＿にはどんなことばを入れたらよい
　　　か。1・2・3・4から最も適当なものを一つ選びなさい。
(1)　あの人は、私に対してあまりいい印象を持っていない
　　ことを＿＿＿＿とはしなかった。
　　　1　かくす　　　　　　　2かくした
　　　3　かくそう　　　　　　4かくすよう
(2)　あの人は都会に出てきたが、生活の苦しさに＿＿＿＿
　　いなかに帰ってしまった。
　　　1　たえながら　　　　　2たえられて
　　　3　たえかねて　　　　　4たえさせて
(3)　台風＿＿＿＿被害は、幸い、それほど大きくなかった
　　。
　　　1　による　　　　　　　2　によると
　　　3　によって　　　　　　4　によった
(4)　九分どおり勝てるだろうが、やや体調が悪いので、心
　　配が＿＿＿＿。
　　　1　ないはずがない　　　2　ないわけではない
　　　3　なくてはならない　　4　あるわけがない
(5)　そんなにほめていただけるとは、＿＿＿＿。
　　　1　こまってしまいました　2　けっこうですね
　　　3　思っていたんです　　　4　思ってもいませんでし
た
(6)　午後3時ごろ、おたくで買い物をした者ですけど、買
　　った品物をお店に忘れてきてしまったんです。ちょっと
　　お調べ＿＿＿＿。
　　　1　いただきませんか　　　2　願えませんか

3 見ていただきたいんです 4 もらえませんか

◉**自我評量**

　　解答：(1)3(2)3(3)1(4)2(5)4(6)2。(1)(2)(5)(6)是1988年1級測驗考題，(3)(4)則是1989年度的考題。

　　第(1)題是有關動詞的形態問題。解題的線索在於「とはしなかった」。「とした/とはしなかった」之前接表意志形態的動詞，因此「かくそう」是正解。「かくそうとした/かくそうとはしなかった」是正確形態。

　　第(2)題則是以意味著在辛苦的生活中「たえることができないで」的「たえかねて」為正解。「かねる」意即「できない」之義。

　　第(3)題的正確答案是「台風<u>による</u>被害」。第3選項的「によって」其用法如下：「台風によって橋が壊された/橋は台風によって壊された」。

　　第(4)(5)(6)題是有關句末的表現法問題，推測全句的意思來填空。第(4)題的第1選項「ないはずがない」是「ある」的強調形，故不正確。2是正解。

　　第(5)題的解題線索在於「そんなに……とは」。該句型下接否定，成為「そんなに……とは……ませんでした」的慣用句型。

　　第(6)題是有關敬語的問題，在此情況中即使可說成「ちょっとお調べいた<u>だけ</u>ませんか」，但也不能像第一選項一般，說成是「いた<u>だき</u>ませんか」。因此選擇與「いた<u>だけ</u>ませんか」同義的第2選項「願えませんか」。

　　應付此類文法問題時，首先要考慮該句語的整體意義，然後再在空格中填入一個最自然的語詞即可。

読解　同義文

問題Ⅰ　次の文はどんな意味か。最も適当なものを１・２・３・４の中から一つ選びなさい。

(1)　どうしてもって、おっしゃるのなら、お引き受けします。

　　１．どうしてもわたしがやります。

　　２．どうしてもと言われても、わたしはやりません。

　　３．どうしてわたしがやるんですか。

　　４．どうしてもわたしにやってほしい、ということならやります。

(2)　お口に合うかどうかわかりませんが、どうぞ召し上がってください。

　　１．おいしいかどうかわかりませんが、どうぞ食べてください。

　　２．とてもおいしいですから、どうぞ食べてください。

　　３．大きすぎるかもしれませんが、どうぞ食べてください。

　　４．少ししかありませんが、どうぞ食べてください。

(3)　本人を前にそんなことを言えるはずがないじゃないですか。

　　１．本人のいるところで、そんなことを言わないでください。

　　２．本人のいるところで、そんなことを言ってもむだです。

　　３．本人のいるところで、そんなことは言えません。

　　４．本人のいるところでもそんなことが言えますか。

(4)　恐れ入りますが、テープを止めていただけませんか。

　　１．失礼ですので、テープを止めてくださいませんか。

　　２．こわくなってきましたから、テープを止めてくださいませんか。

　　３．すみませんが、テープを止めてくださいませんか。

　　４．もうよくわかりましたので、テープを止めてくださいませんか。

(5)　この件は、中村君に頼んでくれたまえ。

　　１．この仕事は中村君に頼んであげよう。

　　２．この仕事は中村君に頼みなさい。

３．この仕事を中村君が頼んでもらった。

４．この仕事では中村君を頼みにしている。

(6)　報道には一切私情を持ち込まないというのがわたしの身上である。

１．報道をするときには、事実に対しての自分の感想を入れるのがわたしのやり方だ。

２．報道をするときには、事実とそれについての批判を入れるのがわたしのやり方だ。

３．報道をするときには、事実とほんの少しの感想を入れるのがわたしのやり方だ。

４．報道をするときには、事実だけを書くのがわたしのやり方だ。

(7)　不正を追及され、大臣は辞職せざるをえなかった。

１．不正を追及されて、大臣は辞職しなければならなかった。

２．不正を追及されて、大臣は辞職しようとした。

３．不正を追及されても、大臣は辞職しまいとしている。

４．不正を追及されたので、大臣は辞職したほうがよさそうだ。

(8)　病気ではないにせよ、休んだほうがいい。

１．病気なのだから、休んだほうがいい。

２．病気になりそうだから、休んだほうがいい。

３．病気になりかねないから、休んだほうがいい。

４．病気ではなくても、休んだほうがいい。

(9)　教師が学生に心を開くそぶりさえ見せないとすれば、これは大きな問題である。

１．教師が学生の心を理解しているふりをしないなら、これは大きな問題である。

２．教師が学生に、まったく心を開こうとしないとすれば、これは大きな問題である。

３．あまり学生の心を知ろうとしない教師が増えるなら、大きな問題となるだろう。

４．教師と学生が心から理解しているように見えないと、大きな問題が生じる。

(10)　相手を傷つけまいと気を使ったばかりに、自分が傷ついている。

１．相手を苦しめようとして、自分も苦しんでいる。

２．相手を苦しめているのではないかと思って、自分も苦しんでいる。

３．相手を苦しめようとすれば、自分も苦しむことになる。

４．相手を苦しめないようにしたために、自分が苦しんでいる。

問題 II　次の文はどんな意味か。最も適当なものを 1・2・3・4 の中から一つ選びなさい。

(1)　今の大学は、「レジャーランド」だと言っても過言ではなかろう。

　1．今の大学は、「レジャーランド」だとはっきりと言える。

　2．今の大学は、「レジャーランド」だとは言えない。

　3．今の大学は、「レジャーランド」だと言えないこともない。

　4．今の大学は、「レジャーランド」だと言ったら言い過ぎだ。

(2)　日本だけが例外扱いというわけにはいくまい。

　1．日本だけは例外だ。

　2．日本だけを例外扱いにはできない。

　3．日本だけは例外扱いになる。

　4．例外扱いは、日本だけだ。

(3)　彼の言い分も認めざるをえないところがある。

　1．彼が言っていることは、すべて正当だ。

　2．彼が言っていることも、少しは正当性がある。

　3．彼が言っていることには、少しも正当性がない。

　4．彼が言っていることには、すべて正当性がない。

(4)　読書の楽しみは、いまさら言うまでもない。

　1．読書が楽しいということは、みんなが言っていることだ。

　2．読書が楽しいということは、わかりきっているのでわざわざ言う必要はない。

　3．読書は楽しいと言わずにはいられない。

　4．読書は楽しいと言わざるをえない。

(5)　これは、仕方がないと言って片付けられてよい問題ではない。

　1．この問題はもう解決した。

　2．この問題はまだ解決していない。

　3．この問題は解決できないが、仕方がない。

　4．この問題は解決できないままにしてはいけない。

(6) だれからも好かれる彼女だが、欠点が全くないわけではもちろんない。

　　1．彼女には欠点が全くない。

　　2．彼女には欠点がもちろんない。

　　3．彼女にも欠点はある。

　　4．彼女に欠点はないはずだ。

(7) たとえケンカになっても、言うことは言う。

　　1．ケンカになったら、言いたいことを言うべきだ。

　　2．ケンカになったら、言いたいことも言えない。

　　3．ケンカになるくらいなら、言いたいことを言うべきだ。

　　4．ケンカになるかもしれないが、言わなければならないことは言うべきだ。

(8) 経済学を志す者には、この問題は避けて通れない。

　　1．経済学を勉強しようとする人は、この問題ができないので困る。

　　2．経済学を勉強しようとする人には、この問題は難しすぎる。

　　3．経済学を勉強しようとする人には、この問題を避けようとする。

　　4．経済学を勉強しようとする人は、この問題に対処しなければならない。

(9) 当時、田植えの機械化など、容易には信じがたいことであった。

　　1．昔、田植えが機械化されるということは、だれも信じなかった。

　　2．昔、田植えが機械化されるということは、なかなか信じられなかった。

　　3．昔、田植えが機械化されるということは、信じられていなかった。

　　4．昔、田植えが機械化されるということを、信じた人が多かった。

(10) 手をポケットに入れて話をしてはいけない。これは年長者が聴衆をリラックスさせようとする場合にだけ許されるポーズである。

　　1．年長者ならいつでも手をポケットに入れて話してもよい。

　　2．年長者でも、ふつうは手をポケットに入れて話してはいけない。

　　3．若い者は、手をポケットに入れて話すものではない。

　　4．若い者でも、聴衆をリラックスさせる目的で手をポケットに入れて話すのはよい。

問題III 次の文はどんな意味か。最も適当なものを１・２・３・４の中から一つ選びなさい。

(1) 彼は人の倍以上の仕事を、ものともせずこなす。

　１．彼は人の倍以上の仕事があっても、簡単にやってしまう。

　２．彼は人の倍以上の仕事があったら、すぐやめてしまう。

　３．彼は人の倍以上の仕事があれば、とても時間がかかってしまう。

　４．彼は人の倍以上の仕事があるのに、引き受けてくれる。

(2) 反対の有無にかかわらず、強引に採決に持ち込まれた。

　１．ほとんどの人が反対だったのに、無理やり採決に持ち込まれた。

　２．反対かどうかも聞かないうちに、無理やり採決に持ち込まれた。

　３．反対があるかどうかも関係なく、無理やり採決に持ち込まれた。

　４．反対があっても、無理があっても、採決に持ち込まれた。

(3) 辞書があるならいざ知らず、何もなくてはこの本はとても読めるものではない。

　１．辞書があればわかるかもしれないが、何もなかったらとても読めない。

　２．辞書があってもわからないのに、何もなかったらとても読めない。

　３．辞書があればわかるだろうが、何もなかったら何度読んでもわからないだろう。

　４．辞書があったら読めるはずだが、何もなかったら読めるはずがない。

(4) 彼の業績は功罪半(なか)ばするとよく言われている。

　１．彼はいろいろな仕事をしたが、成功ばかりだったといわれている。

　２．彼が行った仕事の中で、この仕事だけがよかったと評価されている。

　３．彼が行った仕事は、よかったのか悪かったのかよくわからないと批判されている。

　４．彼が行った仕事は、一方ではよかったと評価され、また一方では批判されている。

(5) あの事件とは関係がないと発表した矢先に、関係事実が報道された。

　１．あの事件とは関係がないと発表したとたん、関係事実が報道された。

　２．関係事実がないと報道されたのに、あの事件とは関係がないと発表した。

　３．あの事件とは関係がないと発表したところ、関係事実が報道された。

　４．あの事件とは関係がないと発表するどころか、関係事実が報道されてしまった。

(6) ケンカ別れの原因が、金銭問題に端を発していることが少なくない。

　　1．金の貸し借りが原因でケンカして、それ以後会わなくなってしまうことがある。

　　2．金の貸し借りが原因でケンカして、それ以後会わなくなってしまうということはだれにでもある。

　　3．ケンカして会わなくなる原因が、金の貸し借りにあることが多い。

　　4．ケンカして会わなくなる原因は、金の貸し借りだけではない。

(7) 約束の時間を守らないで、他人に迷惑をかけることが悪徳であることは、誰一人として否定できまい。

　　1．人を待たせる人がきらわれるのは事実だ。

　　2．人を待たせるのはよくないことだ。

　　3．人を待たせるのはよくないことだと、どうして言えるのだろうか。

　　4．人を待たせるのは悪いことだと言えなくもない。

(8) 人間同士の付き合いも、言葉遣いのいかんで生きたり死んだりする。

　　1．人とうまく付き合うには、話し方に注意しなければならない。

　　2．人とうまく付き合うには、話しが上手であることが必要だ。

　　3．人とうまく付き合うには、よほど注意深くなければ死んでしまうこともある。

　　4．人を生かすも殺すも付き合い次第だ。

(9) 言語がその抽象力をもって伝達しうる領域には限界がある。人間の言語は、しょせん万能ではないのだ。

　　1．抽象的な言葉ほど意味が伝わりにくい。

　　2．言葉が通じない地域がある。

　　3．伝えたいことのすべてを言葉によって伝えることはできない。

　　4．言葉は抽象的であればあるだけ、意味が限られている。

(10) 物事をはっきり表現しようとするほかの言語と違い、日本語は、あいまいさをむしろ良しとしているようです。

　　1．日本語は物事をはっきり表現することができない。

　　2．日本語はあえて物事をはっきり表現しない言語であり、ほかの言語とは違う。

　　3．日本語が物事をはっきり表現しない言語であるのは、良いことだ。

　　4．日本語の良さは、ほかの言語と違って、あいまいなところである。

読解　要旨の把握

問題Ⅰ　次の文章の内容を最もよく表しているものを、1・2・3・4の中から一つ選びなさい。

(1)　だれかと話をしながら道の曲がり角までくると何を話していても、話をやめて別れのあいさつに入る人がほとんどです。曲がり角へきたら別れるという形式の方が、話の中身に優先するのでしょう。

　　1．曲がり角で別れのあいさつに入るのは、話をやめようと思っているからだ。

　　2．曲がり角で別れのあいさつに入るのは、話の中身を優先させたいからだ。

　　3．曲がり角で別れのあいさつに入るのは、形式より話の中身を優先するからだ。

　　4．曲がり角で別れのあいさつに入るのは、話の中身より形式を大切にするからだ。

(2)　政治は本来、必要悪のようなもので一般民衆にとってはわずらわしいものである。だから簡単であればあるほど民衆に歓迎される。

　　1．民衆は、簡単な政治を歓迎する。

　　2．民衆は、政治は必要ないと思っている。

　　3．民衆は、もともとわずらわしさを歓迎しないわけではない。

　　4．民衆は、簡単であってもわずらわしいと感じる。

(3)　「病は気から」というが、これは病気の知識が乏しかった昔だけのことではない。情報過多の現代社会の方がむしろそうなりやすい。

　　1．知識は現代でも乏しいので、大問題だ。

　　2．「病は気から」とは、知識が乏しくても多すぎても言えることだ。

　　3．「病は気から」というが、情報が多すぎると病気になってしまう。

　　4．現代社会の方が病気になる人が多い。

(4) 自分より弱いものに暴力をふるうことによって、少年たちは自分の存在を確かめようとしたのだろう。彼らは学校では目立たないおとなしい子供たちだった。

1．少年たちは、目立たないおとなしい少年に暴力をふるった。

2．少年たちは、自分より弱いものの存在を確かめたかった。

3．少年たちは、暴力をふるうので存在感があった。

4．少年たちは、弱いものに暴力をふるって存在感を得ようとした。

(5) 昔も今も、わたしはわたしなのに、富貴であれば身内のものも大事にしてくれるが、貧しければひどい扱いをする。身内でさえそうなのだから、他人にいたってはなおさらだ。

1．他人は、身内ほどひどいことはしない。

2．他人は、わたしが富貴であろうとなかろうと大事にしてくれる。

3．他人は、わたしが富貴であるため、わたしの身内も大事にしてくれる。

4．他人は、わたしが富貴であるかないかによって身内よりひどく扱いを変える。

(6) 大勢の人が一緒に暮らす、合理的ですし、楽しさも倍加するというものです。兄弟の家族まで同居は無理としても、せめてご両親とは一緒に暮らしたい、と考えている方は多いと思います。スペースの合理化、暮らしの便利さもありますが、共に暮らすことで伝えられる伝統や文化が大切です。おじいちゃんやおばあちゃんとの語らいの中から、家風とか自然をいつくしむ心がお孫さんへと伝えられていきます。

1．兄弟の家族との同居は、ひかえたほうが良い。

2．同じ家に大勢の人が住むと、経済的だ。

3．大家族の同居は利点が多く、子供にとっても良い環境となる。

4．伝統や文化は、家庭で親から子へ、子から孫へと伝えなければならない。

(7) 利用する交通機関の運賃が増額されるときは、その範囲内で旅行代金を増額することがあります。また、やむを得ない事情で旅行内容を変更したことによって、旅行の実施に要する費用が増加するときは、その範囲内において旅行代金を変更するこがあります。

1．飛行機や列車の料金は、よく値上げされる。

2．予定の金額より多くかかることがありうる。

3．旅行中の事故に対する保険料は別に支払う。

4．代金が多額になれば、旅行の範囲は広がる。

(8) 田中食品工業は7日、牛乳を原料とする酒（乳酒）を世界で初めて工業化に成功し、来年4月から発売することを発表した。これは、東アジアの遊牧民などが飲んでいる自家製の乳酒をヒントに、研究・開発を進めてきたものである。

1．これまで製品として販売された乳酒はなかった。

2．田中食品工業は東アジアに乳酒を輸出する。

3．乳酒をつくったのは、田中食品工業が世界初めてである。

4．乳酒は、製造の工業化成功と同時に発売が開始された。

(9) 現在、65歳以上のお年寄りは日本の総人口の11％を超し、21世紀までには15％になると予測される。また総労働力に占める55歳以上の割合も現在の20％から24％に増えると考えられる。このように社会の高齢化が進む一方、核家族化がさらに進み、現在の一家族3.2人が2.8人に減少するため、老人の孤独化は一層促進されるものと思われる。

1．日本は世界の中でもお年寄りの多い国の一つである。

2．年をとっても、働きたいと考える人が増えている。

3．お年寄りのためには、大きな家族のほうが良い。

4．今後日本の高齢化は進み、それに伴う問題も生じてくる。

(10) 食生活という面だけから考えても私たちの環境は良好なものとはとてもいえない。しかしあまり健康、健康と、そのことばかり考えていると息がつまりそうになる。たとえば、タバコが健康に良くない、といくら大声で叫んでも、すべての人がタバコをやめることはないだろう。私たちは健康のことばかり考えて生きているわけではないからだ。

1．私たちの環境は、食生活の面だけから見ても、けっして良くはないが、私たちは健康のことばかり考えて生きるわけにはいかない。

2．私たちの環境は食生活の面だけから見ると、あまり健康のことを考えずに生きている。

3．私たちの環境は食生活の面だけから見ても、けっして良くはないが、健康のことばかり考えていると、かえって健康を害する。

4．私たちの環境は、タバコをはじめ、健康について考えなければならないことがたくさんある。

問題II 次の文章の内容を最もよく表しているものを、1・2・3・4の中から一つ選びなさい。

(1) 「あなたにとって一番大切なものは」という問いに、「家族」と答える人が増えている。一方、若い世代の独身志向、中高年の離婚の増加など、家族にとらわれない生き方も出てきている。

1．家族をもっと大切にするべきである。

2．家族を大切にしないので、離婚が増えている。

3．若い世代ほど、家族を大切にする。

4．いろいろな家族観が出てきた。

(2) どんな仕事でもそうだが、俳優をやるにもそれなりに素質がなくてはならない。だが、素質はそれほど絶対的なものではない。「好きこそ物の上手なれ」ということわざがあるが、俳優も例外ではなく、まず演技することが好きでなくてはならない。

1．俳優という仕事では、役を好きになることが大切である。

2．俳優という仕事は、素質には関係なく、自分の仕事が好きであることが重要だ。

3．俳優という仕事には、素質も必要だが、何より演技が好きであることが必要だ。

4．俳優という仕事は、演技が好きであれば、上手になっていく。

(3) 「医者は患者の手当てをし、自然が病気を治す」ということわざは、医療の限界とその目的をよく言い表している。なぜなら、医療とは、人間の体が持つ回復力の働きに有利な条件を与えるものであるからだ。

1．人間は本質的に病気の回復力を持っているのであり、医者は不要である。

2．医者は、自然が病気を治すのを手助けするものである。

3．医療とは、患者に回復力を与える仕事である。

4．病気にかかったら、自然に治らないので、医者に行く必要がある。

(4)　人生に失敗はつきものだ。しかし、何かをやる前に失敗を予想してはいけない。積極的な見通しを立てられれば、それでもう事は成功したようなものだ。それでもなお、失敗した場合には、すばやく立ち直り、対処し、また前進していく。「失敗は成功のもと」という言葉もある。失敗しても、最後に成功を勝ち取ることはできる。

1．人生で失敗するのは当たり前だが、いつも失敗するとは限らない。

2．何かをやる前に、失敗を考えないことだ。もし失敗しても、あきらめないで、失敗したところを直し、前進すれば、成功につなげることができる。

3．失敗を予想することは、すでに失敗したことになる。積極的に物事を進めれば、失敗しても最後には必ず成功する。

4．人生に失敗はつきものだから、失敗してもあきらめずに立ち直ることが大切だ。

(5)　本が人に深い影響を与えるのは、おそらく子供の時だけであろう。大人になると、本を読んで、感動もするし、考えのいくつかを変えることもあるが、それよりむしろ心にある考えを本の中に見つけることが多いのではないか。しかし、子供の時にはすべての本から将来必要な考え方を読み取るのである。

1．大人になっても、本によって考え方が大きく変えられることもある。

2．子供の時には本から教えられることが多いが、大人になると共感はあっても教えられることは少ない。

3．大人になってから本を読むと、心の中にある子供の時のことを思い出す。

4．子供は本からいろいろなことを学ぼうとするが、大人はそれをしない。

(6)　エレクトロニクス、バイオテクノロジーなど高度技術を先導に、新産業革命が急展開している。その中で産業、企業は大きく変ぼうを遂げつつあり、さらに職業、仕事にも新分野が生まれ、従来のイメージではとらえにくいものも多い。職業選択の難しい時代になったといえよう。

1．産業構造が変わり、今までの職業経験は役に立たなくなってきた。

2．産業構造が変わり、仕事の種類も今までと異なるので、仕事を選ぶのが難しくなった。

3．産業構造が変わり、仕事が減って、就職が難しくなった。

4．産業構造が変わり、技術を持っていない者は、就職が難しくなった。

(7)　個人の貯蓄意欲の増大は、その個人の貯蓄量を増大させる。しかし、経済全体としては、貯蓄意欲が増大すると消費支出が減り、それは国民所得の減少となって、さらには貯蓄をも減少させる。つまり、個人に当てはまることが、その個人の集合である全体については、当てはまらないことになる。

1．個人の貯蓄意欲の増大は、全体の貯蓄量を増大させる。

2．個人の貯蓄意欲の増大は、消費支出を減少させ、全体の貯蓄量を減少させる。

3．個人の貯蓄量の増大は、全体の貯蓄意欲を減少させる。

4．個人の貯蓄量の増大は、国民所得の減少となって消費支出を減少させる。

(8)　先進国が発展途上国向けに行った経済援助、資本投資の結果、現地生産が始まる。やがて、その製品がその国の市場の需要を満たし、輸出されるようになる。先進国へ逆輸入されて、先進国の産業と競い合う、ということも珍しくない。

1．発展途上国の産業が先進国の援助を受けて盛んになり、やがて先進国の産業と競争するようになることもある。

2．先進国が発展途上国を援助しすぎて、逆に途上国の産業に追い越されてしまうこともある。

3．発展途上国は先進国の援助で作った製品を、先進国に輸出して発展していく。

4．発展途上国の産業は先進国の援助で、製品を輸出するようになり、やがて先進国の市場の需要も満たすことになる。

(9)　人間の表面に見えている能力は、氷山の一角のようなもので、その下には本人も驚くほどの能力がかくされている。自分で自分を見限り、道半ばあきらめてしまう人は、せっかく持っている能力を生かすことできないで、結局、一生何事もなすことなく終わってしまう。

1．人間の能力は、かくれた部分が多い。自分で自分を見限れば、その能力を生かせないで一生を終わってしまう。

2．かくされた能力を生かして、一生を終わることができる人は少ない。

3．人間には自分の知らない能力がたくさんあるのだから、あきらめなければ、能力を生かすことができる。

4．人間はせっかくかくれた能力を持っているのだから、能力を生かして一生を終わったほうがよい。

(10)　人類は創造力を持ってはいるが、二人以上の人の協力によって物が創造されたためしはない。音楽においても、芸術においても、哲学においても、有効な協力というものはない。集団はこれを組織だて、拡大することはできるが、ゼロからの創造はけっしてない。

　　１．人はけっして一人ではゼロから創造することはできない。

　　２．一人で創造するよりは集団で行ったほうがよい。

　　３．集団で組織だてたものを、最後にまとめるのは一人がよい。

　　４．ものを創造するのは集団の力でなく、一人の力で行われるものである。

問題III　次の文章の内容を最もよく表しているものを、それぞれの１・２・３・４の中から一つ選びなさい。

(1)　運転中、道を歩いている子供の予想もしない行動に、冷や汗をかいたドライバーは多いと思います。子供に安全な行動を期待するより、ドライバーのほうが注意を払うよう心がけましょう。

　　１．子供に安全な道の歩き方を教えなければいけない。

　　２．子供がいたら、ドライバーはよく注意しなければいけない。

　　３．子供をひいたら、ドライバーの責任だ。

　　４．子供の交通事故が多いのは、ドライバーの不注意が原因である。

(2)　人間の人柄は、その人といっしょに旅行するといちばんよく分かると言われているが、それは本当であろう。自分を殺すことに慣れた人でも、24時間のべつ自分を殺しているわけにはいかない。どうしても本来の自分の姿を示さざるをえなくなる。

　　１．いっしょに旅行すると、一日中いっしょにいるので、その人の性格がよく分かる。

　　２．いっしょに旅行すると、一日中いっしょにいるので、我慢しなければならないことが多い。

　　３．いっしょに旅行するには、自分のことをよく知っている人がいい。

　　４．いっしょに旅行するには、我慢強い人がいい。

(3) 悪口が友情の表現である場合がしばしばある。人間というものは親しくなればなるほど相手に対して注文が多くなるのが普通であり、また当然である。そして、その注文はつねに悪口の形で表現される。

　１．悪口を言って友人を失うことがよくある。

　２．悪口を言い合えるぐらい親しい友人はいいものだ。

　３．悪口が親しい人に対する要望を表していることがよくある。

　４．どんなに親しい人であっても、悪口はつつしむべきだ。

(4) 私は子供の時に、自分の気持ちをあまり顔にあらわさないほうだったが、このことを今ではとても残念に思っている。というのも、今になってわかったのだが、両親が私のために計画してくれたことに喜びをさほどあらわさなかったために、何度も大きな失望を彼らに与えたと思われるからである。

　１．子供の時、自分の気持ちを顔にあらわさず、たびたび両親を失望させたことを残念に思っている。

　２．子供の時、両親が私のために計画してくれたことに、たびたび失望をあらわしたことを残念に思っている。

　３．子供の時、自分の気持ちを顔にあらわさず、両親が何もしてくれなかったことを残念に思っている。

　４．子供の時、両親をがっかりさせたくて、わざと表情に出さなかったのを、今では後悔している。

(5) 私たちはだれでも自己回復の能力を持っており、多かれ少なかれ、人はそれを使っている。病気が治る過程において、患者本人の治ろうという意志がどれほど大切であるかは、多くの医師が説くところでもある。肉体と精神をはっきり区別して考えることは出来ない、と言える。

　１．患者に治ろうという意志があれば、何もしなくても、自然に病気は治るだろう。

　２．病気は、患者が自己回復能力を使わなければよくならないだろう。

　３．病気は、肉体の悪いところを治すことによって自然によくなるだろう。

　４．人間は肉体と精神が健康であれば、病気にかかることはないだろう。

(6)　人間を悲劇に導くものは、必ずしも異常な事件のみではない。むしろ、日常のちょっとしたことや、目に見えない心の変化によることが多い。そんなことで、われわれはしばしば苦い思いをしたり、悲劇に直面したりすることになる。何気なく過ぎていく日常ほど恐ろしいものはないのかもしれない。

　　1．人間は、日常のちょっとしたことから、悲劇を経験するかもしれない。

　　2．悲劇は、異常な事件の中にはなく、日常の中にある。

　　3．人間は、悲劇を経験したくないので、日常のちょっとしたことを恐ろしがる。

　　4．悲劇は、何気なくわれわれのまわりにあるので、異常な事件ほど恐ろしくないかもしれない。

(7)　高度化する科学技術文明の中で、人々はともすれば、自分で作り出した機械や組織や規則に縛られて、自由な心を失いがちです。今ほど、物にとらわれない自由で新鮮な遊びの精神が必要な時代はないでしょう。

　　1．現代は社会的制約が強い。だからこそ、自由な考え方やゆとりが必要なのだ。

　　2．社会的制約が強い時代には、自由とか遊びとかは社会に受け入れられにくい。

　　3．現代は社会的制約が強い。その社会で生きていくためには、自由を犠牲にしなくてはならない。

　　4．社会的制約が強い時代は、かえって自由や遊びを求める人がふえる。

(8)　生活の中のいやなにおいを消すための消臭剤や脱臭剤がよく売れている。しかし、その効果は製品によってかなり差があり、客観的に効果の程度を調べるための方法、基準を決める必要がある。

　　1．消臭剤、脱臭剤にはあまり効果のないものが多い。

　　2．消臭剤、脱臭剤の効果の客観的測定はかなりむずかしい。

　　3．消臭剤、脱臭剤がどのぐらいきくかを調べる方法が必要である。

　　4．消臭剤、脱臭剤の効果的な使い方を研究する必要がある。

(9) 海には多種多様な、そして膨大な量の生物が生息している。それらは、その生存のために
さまざまな有用物質を生産している。海はまさに有用物質の宝庫である。それを利用しない
手はない。海洋バイオテクノロジーはますます盛んになるだろう。

1．海は有用物質の宝庫なので、大切にしなければならない。

2．有用物質の宝庫である海を利用した海洋バイオテクノロジーは、これからも大いに研究・
活用されるだろう。

3．海の生物が生産する物質が注目されて、海洋バイオテクノロジーになるだろう。

4．有用物質の宝庫である海は、海洋バイオテクノロジーを利用して開発されている。

(10) テレビや映画で、大写し、つまりクローズアップする場合、腕時計やペン先だったら、ふ
だん自分が使っているものとの比較ですぐその大きさが分かる。ところがわれわれにとって
未知のもの、たとえば、見たことのない動物の頭や全身となると、比較するものがその画面
の中になければ、大きさは全く分からない。クローズアップでは、象もねずみも同じ大きさ
である。

1．われわれが知らないものをクローズアップするときは、画面に比較するものがなければ、
大きさが分からない。

2．われわれが知らないものをクローズアップすると、ふだん自分が使っているものと比較
して、大きさがよく分かる。

3．いろいろなものの大きさを比較するために、テレビや映画ではクローズアップして映す
場合がある。

4．どんなものでも、画面の中に比較するものがなければ、クローズアップしてもその大き
さが全く分からない。

読解　長文の総合問題

問題Ⅰ　次の文章を読んで、後の問いに答えなさい。

　香りの時代だとよくいわれる。香りの商品がいろいろ出ている。花の香りの浴用剤は何十種とあるし、ペットのにおい消し芳香剤まである。①香りへの関心は社会の成熟度の反映だ、などといわれたりする。

　とりわけ注目されるのは、食べ物にまでどんどん取り入れられていることだ。香料は、そもそもは香水や化粧品に使うために作られていたが、いまでは食品用の方がはるかに多い。国内生産量は四倍近い。なかでも一番伸びたのが調理用香料だという。

　マツタケやシイタケ※1の香りはもちろん、野菜をいためたときのにおい、焼き肉のにおい、さらには炊きたてのごはんや、せんべいのしょうゆの焼けた香りまでが作られる。香料の技術は進んで、作れない香りはないくらいだそうだ。

　即席ラーメンのスープのもとにいためたモヤシのにおいが加えてあると、モヤシが入っていなくてもモヤシ入りを食べている気になる。ウナギのかば焼き※2のたれにウナギのかば焼きの香料が入れてあると、焼きたてでなくとも②それらしい味がする。

　③食べ物の味と香りは切り離せない。かば焼きに代表されるように、香りに誘われて食欲も増す。香りなくしておいしさはない。食品香料がよく使われるのは、ひとつには、加工食品が増えたことによる。加工すると、どうしても素材そのものの香りが④とんでしまう。おいしさを出すため、あとでそれをつける。

　香りを大切にすることは結構なことだ。花の品種改良がいい例だが、どちらかと言えば私たちは、見た目の美しさにとらわれすぎて、香りをおろそかにしたきらいがある。見えないものを大切にすることは、生活の豊かさにつながるだろう。

　ただ気をつけたいのは、⑤そのために本物の香りがどこかへとんでしまうことだ。天然の微妙な香りを忘れることだ。近ごろは、キンモクセイ※3の香りに「あ、トイレのにおいだ」という子がいるそうだ。これは笑い話にとどめておきたい。　（1988年8月29日付「朝日新聞」天声人語より）

※1　マツタケ、シイタケ：香りの良いきのこ。
※2　かば焼き：魚にたれをつけて焼いた料理。香りが良い。
※3　キンモクセイ：香りの良い花。トイレの芳香剤は、この花の香りに似ているものが多い。

問1 「香りへの関心は社会の成熟度の反映だ」とあるが、筆者はどうしてこのように感じているのか。最も適当なものを、次の1・2・3・4の中から一つ選びなさい。
①

1．香料が香水や化粧品にも使われるようになったから。

2．香料の技術が進んで、作れない香りはないくらいになったから。

3．香りのように見えないものを大切にするようになったから。

4．トイレなどにも、におい消しが使われるようになったから。

問2 「それらしい」とはどんな意味か。最も適当なものを、次の1・2・3・4の中から一つ選びなさい。
②

1．かば焼きらしい

2．かば焼きのような

3．焼いたような

4．焼きたてのような

問3 「食べ物の味と香りは切り離せない」とはどんな意味か。最も適当なものを1・2・3・4の中から一つ選びなさい。
③

1．香りに誘われて食欲も増す。

2．香りなくしておいしさはない。

3．おいしさを出すために香料を加える。

4．加工すると素材そのものの香りがとんでしまう。

問4 「とんでしまう」とはここではどういう意味か。同じ使い方のものを1・2・3・4の中から一つ選びなさい。
④

1．犯人は九州にとんでしまったらしい。

2．最初の章はとばして、第二章から読み始めます。

3．知らせを聞いて病院へとんでいった。

4．酒を飲みすぎて、記憶がとんでしまった。

問5　「そのために」とは、どういう意味か。最も適当なものを、次の1・2・3・4の中から一つ選びなさい。
　　　⑤

1．見た目を大切にするために。

2．香料の技術が進んだために。

3．香りをおろそかにするために。

4．社会の成熟度を高めるために。

問6　1～5の中で上の文章の内容と合っているものを二つ選びなさい。
　　　　　　　　　　　　　　　　　　　　　　　　　　　　　　・・

1．香料はもともと食品用と香水の両方があったが、今は食品用のほうがはるかに多い。

2．香料の技術が進んだので、今ではどんな香りでも簡単に作り出すことができるようになった。

3．食欲があまりないときでも香りのおかげで食欲が増すこともある。

4．食品は加工すると天然の香りが消えてしまうので、加工しないほうがいい。

5．花の品種改良のように姿や形だけではなく、香りのように形がないものも大切にすべきだろう。

問7　この文章で筆者が最も言いたいことは何か。最も適当なものを、次の1・2・3・4の中から一つ選びなさい。

1．香料の技術が進んで、たいていの香りが作れるようになったが、早く天然の微妙な香りの香料も作ってもらいたい。

2．食品などに香料が多く使われるようになったのは、人々が天然の微妙な香りを忘れてしまったからだ。もっと自然を大切にしたい。

3．香りのように目に見えないものを大切にするのはとてもいいことだが、それらをすべて人工の香料に頼るのではなく、天然の香りも大切にしたい。

4．人工の香料には、有害な物もたくさんあるので、あまり食品には使わないほうがいい。

問題II　次の文章を読んで、後の問いに答えなさい。

　史上空前のゴルフ場建設ブームである。これを支えているのはゴルフ愛好者の急増である。ゴルフ人口がふくれるに従ってゴルフ場が増える。当然の成り行きでもあるが、　(1)　、それ

らによる様々な被害を心配する声が高まっているのは無視できない。[A]

　その心配の最たるものは、ゴルフ場によっては水田に比べて二、三倍もの農薬を使っているのがわかったことである。全国的に農薬汚染問題が急浮上するきっかけとなった奈良県山添村の例では、人口六千人足らずのこの村にゴルフ場が三つあり、__(2)__三つ計画されている。そこで既設の一カ所が使う〔(1)〕の量が村内の全農協が扱う量より多いという。同村のゴルフ場排水から昨年、人体への危険が高いため農家が使っていない有機リン系の殺虫剤が検出されてから、農水省は初めて規制に乗り出した。[B]

　農薬はまた、水源を汚染する。ゴルフ場開発は、より遠いへき地へ移り、大規模になりつつある。そんな山地はたいてい地元住民の簡易水道の水源林となっている。住民は不安を抱きながら水を飲むしかない。[C]

　住民がもう一つ心配しているのは山林の環境破壊である。自然林を切り開いてゴルフ場を造ると、山林の保水力が低下する。谷あいのわき水に頼っている農村では、すでに雨の少ない年は異常渇水で農業用水の〔(2)〕に見舞われている。やむを得ずゴルフ場排水に頼ることになるが、赤く濁っているところが多い。ゴルフ場が肥料をたくさん使うせいもあろうが、赤いのは造成のときに埋めた草木が土中の鉄やマンガンと化学変化を起こしたためとみられている。急な傾斜地の木を切り払って造成したところでは、土砂崩れなど思わぬ災害を招く恐れもある。[D]

　過疎地はいま、地域振興策を模索している。税収が増え、雇用が生まれるという期待が開発ブームの一端を支えている。〔(3)〕に代わる「むらおこし」となると、現実にはそう簡単に知恵は出ないかもしれない。

　__(3)__ふるさとの環境と、それ以上に住民の健康を犠牲にする心配を残しては「むらおこし」とはいえまい。

(1989年6月2日付「朝日新聞」社説より)

問1　__(1)__、__(2)__、__(3)__にはどんな言葉を入れたらよいか、最も適当なものをそれぞれ
　　　1・2・3・4の中から一つ選びなさい。

(1)　__(1)__　1．従って　　　2．おおよそ　　　3．決して　　　4．一方で

(2)　__(2)__　1．反対に　　　2．さらに　　　　3．つまり　　　4．やがて

(3)　__(3)__　1．そして　　　2．しかも　　　　3．しかし　　　4．すなわち

問2　①～③の説明として最も適当なものを、それぞれ1・2・3・4の中から一つ選びなさい。

(1) 六千人足らず
　　①
　　1．少なくとも六千人
　　2．六千人よりかなり多い人数
　　3．ちょうど六千人ぐらい
　　4．六千人より少し少ない人数

(2) 大規模になりつつある。
　　②
　　1．大規模になってしまった。
　　2．大規模になろうとしている。
　　3．大規模になるかもしれない。
　　4．大規模にならないようにしている。

(3) 思わぬ災害を招く恐れもある。
　　③
　　1．予想しない災害は特に恐ろしい。
　　2．予想できない災害を招いても困る。
　　3．予想しない災害が起こる心配もある。
　　4．予想できない災害になっても恐ろしい。

問3　ゴルフ場建設ブームの原因は何か、最も適当なものを1・2・3・4の中から一つ選びなさい。
　1．美しい自然と「むらおこし」
　2．ゴルフ愛好者の急増と「むらおこし」
　3．水不足と農薬の使用
　4．水田の減少と村の過疎化

問4　次の文章は、本文のどの部分に入るか、次の1・2・3・4の中から一つ選びなさい。
　あざやかなグリーンは、殺菌、殺虫、除草剤などの薬漬けで保たれている。ゴルフ場周辺でトンボや魚が姿を消した、という指摘は前からあった。無風のゴルフ日和には、ゴルファーは農薬を胸いっぱい吸い込んでいるようなものだ、と警告する学者もいる。

　　1．［A］の後　　2．［B］の後　　3．［C］の後　　4．［D］の後

問 5　〔(1)〕〔(2)〕〔(3)〕には、それぞれ次のどの言葉が入るか、1～6の中から選びなさい。同じものは、一度しか使えません。

1．汚染　　2．環境　　3．ゴルフ場　　4．農薬　　5．不足　　6．工場建設

問題III　次の文章を読んで、後の問いに答えなさい。

　学者はいう。「この地方に数年あるいは数十年ごとに津波の起こるのは既定の事実である。（①）、これに備えることもせず、うかうかしているというのは、（②）不用意千万なことである」。

　被災者側にいわせれば「それほど分かっていることなら、なぜ津波の前に間に合うように警告を与えてくれないのか」。

　これは、昭和八年に三千八人の死者を出した三陸地震津波の際、寺田寅彦が書いた随筆「津波と人間」の一節である。五十五年を経た今日も、状況はそれほど変わっていないのではないか。

　災害は、自然界の法則に従って、忘れずに必ずやってくる。それが「忘れたころ」になるところに、人間界の弱みがある。

　東海地震の切迫が警告され、大規模地震対策特別措置法ができてから十年になる。

　静岡県を中心とした指定地域では当初、住民の防災意識が盛り上がったが、最近では、「こないじゃないか」と、警戒心が薄れ、備蓄品の更新などを怠る傾向が出てきたことを防災関係者は心配している。この夏、伊豆半島東方沖で起きた記録的な群発地震で、ノイローゼ状態になったのはイヌやネコで、人間の方はそれほど気にしていなかったそうだ。笑い話としてすませられるだろうか。

　自然は先を急いでいないだけで、危険が減ったわけではない。（⑤）、人間には、危険な情報は無視したいという心情がある。社会心理学では「正常化の偏見」というが、これが、警告や警報の軽視につながり、災害を大きくする要素になる。

　※津波：地震、暴風などのために急に高い波が陸地に押し寄せてくること。

(1988年8月31日付「朝日新聞」社説より)

問 1　（①）（②）（⑤）の中にはどんな言葉を入れたらよいか。最も適当なものをそれぞれ1・2・3・4の中から一つ選びなさい。

① 1. それだのに　　2. それだから　　3. それでも　　4. そればかりか

② 1. もともと　　　2. さぞかし　　　3. そもそも　　4. むしろ

⑤ 1. ただし　　　　2. だから　　　　3. すなわち　　4. ところが

問2　三陸地震津波の時の、津波に対する学者と被災者はそれぞれどう言っているか。それぞれ1・2・3・4の中から一つ選びなさい。

　学者

1. この地方にはめったに津波が起こらないが、備えはしておくべきだ。

2. この地方に津波が起こることは予測できなかった。

3. この地方に津波が起こりやすいことはみんなわかっているはずだ。

4. この地方に津波が起こりやすいことが今回実証された。

　被災者

1. 避難できるように津波が起こる前に警告してほしい。

2. 津波が起こりやすいことを常に警告していてほしい。

3. 津波の直前になって警告されても、どうしようもない。

4. 津波に対処するため、持っている情報は何でも与えてほしい。

問3　文中の「それ」は何を指しているか。次の1・2・3・4の中から適当なものを一つ選びなさい。
　　　　　③

1. 災害の発生　　　2. 自然界の法則　　　3. 津波の発生　　　4. 災害の警告

問4　文中の「笑い話」とは何のことか。次の1・2・3・4の中から、適当なものを一つ選びなさい。
　　　　　④

1. 来ない地震におびえて、防災に夢中になったこと。

2. 群発地震でノイローゼ状態になったのは人間ではなくイヌやネコだったこと。

3. 地震が心配でノイローゼになる人がいること。

4. 法律を作って地震対策を進めたが、10年たっても何も起きなかったこと。

問5　文中の「正常化の偏見」とはどういうことか。次の1・2・3・4の中から適当なものを
　　　一つ選びなさい。

1．危険を知らされても、大丈夫だ、平常と変わりないと信じたがる気持ち。

2．常に危険だと言われ続けると、それが普通の状態になって、危険を感じなくなってしまう
　　こと。

3．危険を警告されると、日常生活が乱されるので、そのようなことは知りたくないと思うこ
　　と。

4．自然界は危険に満ちていて、それが普通の状態なのだから、多少の危険は当然だと思うこ
　　と。

問6　現在の防災対策の状況はどうなっていると言っているか。次の1・2・3・4の中から
　　　適当なものを一つ選びなさい。

1．防災意識が高まり、対策は順調に進んでいる。

2．災害が予知できるようになり、対策がたてやすくなった。

3．国の対策がひじょうに進んだので、かえって個人の警戒心がゆるんでしまった。

4．災害が起こることはわかっているが、対策はなかなか進まない。

問7　筆者は災害に対し、我々にどうしろと言っているか。次の1・2・3・4の中から適当
　　　なものを一つ選びなさい。

1．常に災害に対し備えを忘れるな。

2．災害に対しあまり神経質になるな。

3．悲惨な災害は早く忘れてしまったほうがいい。

4．自然界の法則に逆らおうとしてはいけない。

問題Ⅳ　次の文章を読んで、後の問いに答えなさい。

　身近な話題の中にも、日本人の体格が変わってきたと思われることがいろいろある。息子や
娘が親たちよりも身長が高いとか、近ごろの女性は美しくなったとか、さらに八等身や隆鼻術
が話題をさらうのも、身長の増加と鼻が高まるという最近の趨勢からくるものだと思われる。

　（中略）

実際、骨からみると、中、近世（12〜19世紀）から現在までの変化は想像以上に大きいようだ。しかもこの変化は、**縄文時代**（〜紀元前3世紀）の昔から、絶えまなく進行していたことが、次第にわかってきた。その上、変化の速度は常に同じ調子で進行したのではなく、ある時は速く、ある時は遅く進んだようである。この観点からすると、現在はちょうど急速に変化しつつある時代に当たっている。

変化した形質には、身長や顔の形のほかにもいろいろあるが、頭型もその一つである。頭型は、頭を上から見た形であるが、従来、人の形質の中で遺伝の作用が最も強く現れ、そのため人種を区分するのに最も頼りになる特徴とされてきた。いや、そればかりでなく、人種の優劣まで頭型できまると信じられたほどで、長頭型のドイツ人と短頭型のフランス人とは、第一次世界大戦の直前のころ、この問題をめぐり、それぞれ自国民が優秀であるといって、<u>聞くにたえ</u>①<u>ないほどのやりとり</u>が、おこなわれたのは有名な話である。<u>　(1)　</u>、<u>この考え方</u>は、個人の能力②まで判定できるというところまで<u>発展</u>し、そのためいろいろの珍談が伝えられている。③

ところで、現在の日本人の頭型は、短頭型か、短頭型に近い中頭型であるが、<u>　(2)　</u>鎌倉時代人（12〜14世紀）は真の長頭型であることがわかった。しかもその後、次第に短頭化して、今の私どもの形になったように思われる。<u>　(3)　</u>、不思議にも見えるこの現象も、実は世界的な短頭化現象の一環として、日本人に現れたもののようである。つまり変化しないと考えられた頭型も、実は変化するらしいのである。

（鈴木尚「日本人の骨」岩波新書より）

問1　文中の<u>　(1)　</u>〜<u>　(3)　</u>にはどんな言葉を入れたらよいか。最も適当なものをそれぞれ1・2・3・4の中から一つ選びなさい。

(1) <u>　(1)　</u>　1．さらに　　　2．まして　　　3．なのに　　　4．すると

(2) <u>　(2)　</u>　1．不覚にも　　2．不意に　　　3．意外にも　　4．案外

(3) <u>　(3)　</u>　1．一体　　　　2．一見　　　　3．一目　　　　4．一方

問2　文中の①〜③について、それぞれの問いの答として、最も適当なものはどれか。1・2・3・4の中から一つ選びなさい。

(1) <u>聞くにたえないほどのやりとり</u>とは、具体的にどういうことか。
①

    １．相手をけなしたりして、聞いている者がはずかしくなってしまうやりとり

    ２．聞いている者がいやになってしまうほど長いやりとり

    ３．同じことを何度も繰り返すだけの進展のないやりとり

    ４．冷静で論理的なやりとり

(2) <u>この考え方</u>とは、ここでは何をさしているのか。
②

    １．頭型は変化しないという考え方

    ２．頭型は遺伝するという考え方

    ３．頭型で人種の区分ができるという考え方

    ４．頭型で人種の優劣が決まるという考え方

(3) <u>発展</u>とはここではどういう意味か。
③

    １．話がまとまること　　　　２．話が広がること

    ３．考えを変えること　　　　４．思い込むこと

問3　上の文章から考えて、次の(1)〜(4)の問いの答えとして、最も適当なものはどれか。それ
ぞれの１・２・３・４の中から一つ選びなさい。

(1)　最近日本人の体格はどうなってきているか。

    １．鼻が高くなり、短頭型になってきた。

    ２．鼻が高くなり、長頭型になってきた。

    ３．背が高くなり、長頭型になってきた。

    ４．背が高くなり、鼻が低くなってきた。

(2)　体格の変化はどのように進んできたか。

    １．全く変化しない時期と、急速に変化する時期が交互にある。

    ２．ずっと一定の速さで変化してきた。

    ３．ずっと変化してきたが、速さは一定ではなかった。

    ４．ずっと変化しなかったのが、ある時突然変化した。

(3) 頭型から何がわかるか。

 1．遺伝の作用が強く現れるので、人種の違いがわかる。

 2．人種的な特徴になっているので、その人種の能力がわかる。

 3．世界的に短頭化現象が進んでいるので、頭型で化石や遺骨の時代測定ができる。

 4．人種、時代により変化するので、頭型だけで判断できることはなさそうだ。

(4) 日本人の頭型の変化と他の民族の頭型の変化はどのような関係にあるか。

 1．どの民族も、民族によって別々の変化のしかたをしている。

 2．多少の差はあるが、全体では同じ方向に変化してきた。

 3．日本人は他の民族と逆の変化をした。

 4．日本人とフランス人だけが他と異なった変化をした。

問題Ⅴ　次の文章を読んで、後の問いに答えなさい。

　電車の中で立っている乗客がなにか紙切れのようなものを拾い、落とし主に渡したらしい。こちらからは見えなかったが、受け取った人が「アリガト」と言った。口の利き方は男みたいだが、声は女性である。おやと思って、そちらへ目を向ける。見たところではどちらとも決めかねる。こういうとき髪形で判断できることが多いが、この人は両性的スタイルだ。決め手は声だけか。それで、いつかイタリア料理のレストランであったことを思い出した。そこは男性トイレが部屋の左端、女性用は反対の右側にある。男性風の客が右の女性トイレへ入っていこうとした。見ていた店の女主人が後ろ姿に向かって「そちらは…」と言いかけた。客が「え？」と聞き返す。女の声だ。店の人はあわてて「あッ、いいんです」。この客、後ろ姿は　(1)　、前からみても男そっくりで、勘違いしてもしかたがないと、店の人に同情した。

　さきの電車の乗客は、「アリガト」の男みたいな調子と女の声がしっくりしないので、気になったのである。このごろ、男女の言葉の違いが少なくなってきた。女言葉があるのはおかしい、とはっきり言う人もいる。わざと乱暴な言葉を使っているらしい女子高校生は別としても、若い女の人がごく自然に「…したんだ」「…なァ」と言う。それに周りもそれほど驚かなくなった。

　小説の中で男女二人の会話なら、　(2)　話し手を示さなくても、言葉遣いでどちらが話しているのかがわかる。こういう手もだんだん通じなくなるだろう。

　メーキャップすれば、見た目は　(3)　ごまかせる。テレビで時代劇に出てきたタレントが現

代劇に登場すると同じ人とは思えないことがある。そういうときも声が結びつけてくれる。声は
メーキャップできない。男女の区別は、声がいちばん確かな手がかりだと考えてきたが、この
ごろ男のような電話の声の女の人がちょいちょいある。

（外山滋比古「ことばと暮らす」1989年5月18日付「朝日新聞」より）

問1 ［(1)］、［(2)］、［(3)］には、どんな言葉を入れたらよいか、最も適当なものをそれぞ
れ1・2・3・4の中から一つ選びなさい。

(1) ［(1)］　1．むしろ　　2．やはり　　3．もちろん　　4．あいにく

(2) ［(2)］　1．いちいち　　2．おのおの　　3．次々　　4．別々に

(3) ［(3)］　1．いっぱい　　2．すべて　　3．なかなか　　4．かなり

問2 文中の①〜④はここではどんなことか、その説明として最も適当なものをそれぞれの1・
2・3・4の中から一つ選びなさい。

(1) 見たところではどちらとも決めかねる。
　　①

　1．よく見ないと、男か女かわからない。

　2．見ただけでは、男か女かわからない。

　3．見たら、男か女かわからなくなった。

　4．よく見れば、男か女かわかったかもしれない。

(2) 「そちらは…」と言いかけた。
　　②

　1．「そちらは女性用です」と言おうとして途中でやめた。

　2．「そちらは女性用です」と注意した。

　3．「そちらは女性用です」と小さい声で言った。

　4．「そちらは女性用です」と言ってしまった。

(3) <u>男みたいな調子と女の声がしっくりしない。</u>
　　　③

　　1．男が女みたいな声をしているのは気味が悪い。

　　2．女が男みたいな話し方をするのは変だ。

　　3．女と男の話し方は同じではない。

　　4．声が女で話し方が男なのは妙な感じがする。

(4) <u>そういうときも声が結びつけてくれる。</u>
　　　④

　　1．見ていつもと違って変だと感じたときも、いつもと同じ声を聞くと親しみを感じる。

　　2．見て同じ人とわからないときも、声で同じ人だとわかる。

　　3．見た感じでは現代劇には向かないと思ったときも、声が補ってくれる。

　　4．見た感じはメーキャップで変わるので、声がタレントのイメージを作る。

問3　　次の(1)〜(3)の質問に対し、問題文から考えて正しいものはどれか、最も適当なものをそ
　　　　れぞれ1・2・3・4の中から選びなさい。

(1)「…したんだ」「…なァ」という言い方は、もともとはどんな人たちの話し方か。

　　1．女子高校生の言い方　　2．若い女性の言い方

　　3．男性の言い方　　　　　4．男女の区別なく、だれもが使う言い方

(2) 男女を完全に区別する方法は何か。

　　1．声　　2．言葉遣い　　3．髪形　　4．何もない

(3) 男言葉、女言葉の違いはどんなとき、役に立ったか。

　　1．小説の中の会話で、男が言ったのか女が言ったのか書かなくても区別できる。

　　2．電話で男のような声の女性も、言葉遣いで女性とわかった。

　　3．女性は社会人になると乱暴な男言葉を使わなくなるので、高校生か社会人か区別できた。

　　4．女言葉があるのは不合理だし、何の役にも立たない。

問題VI　次の文章を読んで、後の問いに答えなさい。

青春というのは、いつの時代にもちょっと背伸びをしようとする。そうだったような気がする。
しかし、それは、今は昔の話になりつつあるのだろうか。
①　　　　　　　　　　　②

　日本と米国の高校生を比較した読書調査で、「漫画と恋愛小説が好き」という日本の高校生の
読書傾向が指摘された。恋愛小説といっても、ブロンテやスタンダールの恋愛小説ではない。中、
　　　　　　　　　③
高校生向きに書かれた「ジュニア小説」のことである。自分たちの背丈にあわせて大量生産され
　　　　　　　　　　　　　　　　　　　　　　　　④
る物語の世界にひたっている。これが読書から見た日本の高校生像のように見える。一方、米
国の高校生は、漫画嫌いが多く、時事的な本に関心が強い、と調査結果はいう。

　米国の高校生がそれほど読書好きとは思わない。漫画文化のありようが日米ではまったく違
う、つまり、良かれあしかれ日本の漫画は質量とも米国を圧倒している──など知米派の意見
もいろいろだ。しかし、一致しているのは、学校教育の違いからくる差である。米国のどの高校
　　　　　　　　　　⑤
の授業にもある文学の授業では、課題図書を示して読ませ、リポートを書かせる。ホーソーン、
ホイットマンからヘミングウェーまで。国際問題から離婚問題までさまざまな社会問題を学校
で討論させる。社会全体が自分たちの政治、社会に関心が深く、子供たちも例外にしない。ひる
　　　　　　　　　　　　　　　　　　　　　　　　　　　　　　　　　　　　　⑥
がえって、日本の高校生を考える。親も学校もできるだけ子供を「社会の風」にあたらせない
　　　　　　　　　　　　　　　　　　　　　　　　　　　⑦
ように配慮する。隔離して受験に向かわせる。まだ大人になる必要のない猶予時間をたっぷり
与える。ただし、受験戦争というかごのなかで。こうして日本の高校生たちは、厳しい環境に
おかれると同時に、それと裏腹の甘えも許される。読書調査の背景としてそんな風景が浮き上が
　　　　　　　⑧
る。

　しかし、かごに入れられた人間は脱出しようとする。子供として抑え付けられた人間は大人
になろうとする。日本の高校生たちにもその衝動があると思う。ひそかにそれを実現して大人
の鼻を明かす。子供のふりをして、実はまわりの大人たちを冷笑する。旧世代にも思い当る情景
　　　　　　　　　　　　　　　　　　　　　　　　　　　　　　　⑨
ではないか。その生意気さを尊重しつつ、忠告を与えるのは大人の仕事だ。大量生産される漫
画や青春小説だけでなく、世界にはもっといっぱい共感できる本がある。高校生にも少し背伸び
　　　　　　　　　　　　　　　　　　　　　　　　　　　　　　　　⑩
をしてほしい。未知の読書に挑戦してほしい。

(1991年5月8日付「朝日新聞」社説より)

問1 「青春というのは、いつの時代にもちょっと背伸びしようとする。そうだったような気が
する。」とあるが、どういう意味か。1・2・3・4から最も適当なものを一つ選びなさい。

　1．青春時代には、みんな早く大人になりたくて、大人の真似をしたり、難しい本を読んだ
　　りした。

　2．青春時代には、みんな早く大人になりたくて、大人の真似をしたり、難しい本を読んだ
　　りしたと記憶している。

　3．青春時代には、立派な大人になるために無理するものだ。

　4．青春時代には、立派な大人になるために無理するものだと思っていた。

問2 「今は昔の話になりつつあるのだろうか。」とは、ここではどういう意味か。1・2・3・
　4から最も適当なものを一つ選びなさい。

　1．筆者の青春時代には、みんなが早く大人になりたいと思って、大人の真似をしたものだ
　　ったが、今も変わらないようだ。

　2．筆者の青春時代には、みんなが早く大人になりたいと思って、大人の真似をしたものだ
　　ったが、今はもう違うようだ。

　3．筆者の青春時代には、みんなが早く大人になりたいと思って、大人の真似をしたものだ
　　ったが、今ではだんだん違ってきたようだ。

　4．筆者の青春時代は、もう昔のことになってしまった。

問3 「恋愛小説といっても、ブロンテやスタンダールの恋愛小説ではない。」とあるが、なぜ
　筆者はブロンテとスタンダールを例に挙げたのか。1・2・3・4から最も適当なものを
　選びなさい。

　1．中、高校生向きに書かれているから。

　2．恋愛小説の名作だから。

　3．青春小説の名作だから。

　4．筆者が好きだから。

問4　「自分たちの背丈にあわせて」とはどういう意味か。1・2・3・4から最も適当なもの
　　　　　　④
　　を一つ選びなさい。

　　1．中、高校生向きに書かれている。

　　2．大量生産されている。

　　3．物語の世界にひたっている。

　　4．平均的な。

問5　何が「一致している」のか。1・2・3・4から最も適当なものを一つ選びなさい。
　　　　　　　　⑤

　　1．学校の教育制度が違うために生じる差。

　　2．日本とアメリカの漫画文化の違い。

　　3．知米派の意見にみられる共通点。

　　4．日本と米国の読書に対する文化。

問6　「ひるがえって、日本の高校生を考える。」とあるが、筆者は日本と米国の高校生を比較
　　　　　⑥
　　してどう考えているのか。1・2・3・4から最も適当なものを一つ選びなさい。

　　1．米国の高校生は読書好きだから、うらやましい。

　　2．米国の高校生は漫画嫌いだが、日本には面白い漫画がたくさんあるので高校生が漫画好
　　　きでも止むを得ない。

　　3．日本の高校生は受験競争のため本を読む時間がなく、かわいそうだ。

　　4．米国の高校生は本を読んでさまざまな社会問題を考えているというのに、日本の高校生
　　　は漫画やジュニア小説ばかり読んでいて困ったものだ。

問7　「『社会の風』にあたらせない」のは、なぜか。1・2・3・4から最も適当なものを一
　　　　　⑦
　　つ選びなさい。

　　1．風邪をひくから。

　　2．高校生は大人ではないから。

　　3．受験勉強だけをさせるため。

　　4．甘えを許すため。

問 8 「それ」が指す内容として最も適当なものを 1・2・3・4 から一つ選びなさい。
⑧

1．受験競争という環境の厳しさ。

2．受験競争というかご。

3．大人になる必要のない猶予時間。

4．「社会の風」。

問 9 「旧世代にも思い当る情景」とは、どんな情景か。1・2・3・4 から最も適当なものを
⑨
一つ選びなさい。

1．子供のふりをして、実はまわりの大人たちを冷笑する。

2．大人になろうとして、背伸びをする。

3．物語の世界にひたる。

4．受験競争というかごに入れられる。

問10 「高校生にも少し背伸びをしてほしい。」とは、どういうことか。1・2・3・4 から最
⑩
も適当なものを一つ選びなさい。

1．少し難しくても、政治や社会の問題について学校で討論してほしい。

2．少し難しくても、しっかり勉強してほしい。

3．少し難しくても、漫画やジュニア小説ではない本を読んでほしい。

4．少し難しくても、大人の真似をしてがんばってほしい。

文法　適語の選択

問題Ⅰ　次の文の（　）の中に入れるのに、最も適当なものを１・２・３・４の中から一つ選びなさい。

余暇を楽しむ(1)は、健康(2)ないといけない。さらに、体だけではなく、頭と心の健康も大切な要素(3)あることをわすれて(4)ならない。

(1)　1．の　　2．に　　3．か　　4．で

(2)　1．で　　2．が　　3．は　　4．に

(3)　1．が　　2．も　　3．で　　4．に

(4)　1．も　　2．は　　3．が　　4．で

火災(5)起きたから(6)いって、地震は起こらぬが、地震が火災(7)発生させる場合(8)多い。

(5)　1．を　　2．で　　3．も　　4．が

(6)　1．で　　2．へ　　3．と　　4．に

(7)　1．を　　2．へ　　3．の　　4．に

(8)　1．が　　2．や　　3．の　　4．は

生鮮食品の値上がりは著しく、それらの価格は71年から72年(9)ほぼ３倍の水準(10)上昇した。

(9)　1．まで　　2．までに　　3．へ　　4．を

(10)　1．と　　　2．も　　　　3．は　　4．に

問題Ⅱ　次の文の（　）の中に入れるのに、最も適当なものを１・２・３・４の中から一つ選びなさい

客の名を聞く(1)、女はドアを閉めた。

(1)　1．と　　2．ので　　3．て　　4．から

私はこわくなった。助けを呼ぼう(2)、声が出なかった。

(2)　1．としたので　　2．としても　　3．とすれば　　4．として

日本国内はもとより、海外(3)彼の名前は知れわたっている。

(3)　1．からも　　2．すらも　　3．にこそ　　4．にまで

　　試験を受ける(4)には、受かりたいものだ。

(4)　1．まで　　2．から　　3．ので　　4．すら

　　パリ(5)住みやすい街はない。それは同じアパートに住んでいても、向こう三軒両隣りの人たちと全く交渉なしでいられる気楽さである。その徹底した個人主義(6)パリなのだ。

(5)　1．では　　2．にも　　3．ほど　　4．こそ

(6)　1．では　　2．にも　　3．ほど　　4．こそ

　　「はい、はい」と言い(7)、相手の言うとおりに行動しないということは、日本人(8)ざらにあることではないか。日本人は約束を守らない、ずるいといったイメージは、日本人のこのような肯定のあいまいさにも起因しているのだ。

(7)　1．ため　　2．つつ　　3．すら　　4．のみ

(8)　1．に　　2．で　　3．の　　4．が

　　気が確かであるかどうかを試す(9)、数を勘定させてみるのは精神病医がよくやる方法らしいが、昔から国の法廷でもやはり証人に10までの数を数えさせてみて、数えられ⑽、一人前の証人としての資格を認められなかったそうである。

(9)　1．のは　　2．ため　　3．ので　　4．しか

⑽　1．たら　　2．ないのに　　3．ても　　4．なければ

問題III　次の文の下線にはどんな言葉を入れたらよいか。最も適当なものを１・２・３・４の
　　　　　中から一つ選びなさい。

(1)　水道が＿＿＿＿水が出なかった。

　　　1．こおりつつ　　2．こおらせて　　3．こおられて　　4．こおりついて

(2)　この話は、自分が将来、親に＿＿＿＿とき、子供に伝えてやろう。

　　　1．なった　　2．なる　　3．なって　　4．なろう

(3) 先月、地下鉄の駅ではタバコを吸ってはいけないことに_____。

　　1．なる　　2．なっている　　3．なった　　4．なっていた

(4) あまりおかしいので_____いられなかった。

　　1．笑わなくて　　2．笑わないと　　3．笑わずには　　4．笑わなければ

(5) 父の病気はいっこうに_____。

　　1．よくなる　　2．よくならない　　3．よくなった　　4．よくなっている

(6) 現代では車は生活に_____ない必需品だ。

　　1．欠かせ　　2．欠かさ　　3．欠かれ　　4．欠か

(7) 物価の上昇に_____生活が苦しくなった。

　　1．しても　　2．関して　　3．とって　　4．したがって

(8) 彼の言葉を信じて株を買った_____、大金を失った。

　　1．せつ　　2．とおりに　　3．ように　　4．ばかりに

(9) 新しい家を見に行ったが、駅から近かった_____、とても不便なところだ。

　　1．もので　　2．もの　　3．ものだから　　4．ものの

(10) 山田先生は本当に先生_____人だ。

　　1．のような　　2．みたいな　　3．らしい　　4．そうな

問題Ⅳ　次の文の_____にはどんな言葉を入れたらよいか。1・2・3・4から最も適当なも
　　のを一つ選びなさい。

(1) 日本は中国_____人口が多くない。

　　1．から　　2．ほど　　3．ぐらい　　4．だけ

(2) あした行こうか_____か、迷っているんです。

　　1．行くまい　　2．行かない　　3．行かず　　4．行けない

(3) 無理なお願いとは存じますが、＿＿＿＿よろしくお願いいたします。

　　1．なにやら　　2．なんとも　　3．なにしろ　　4．なにとぞ

(4) 自分で始めるまでは簡単だと＿＿＿＿が、実際は難しいものなんですね。

　　1．思います　　2．思っています　　3．思う　　4．思っていました

(5) 隣の人にコップの水を＿＿＿＿、わたしはズボンがびしょびしょになってしまった。

　　1．こぼして　　2．こぼれて　　3．こぼされて　　4．こぼられて

(6) 買い物はよく考えてするほうで、高価なものは＿＿＿＿、ガム一つでもじっくり選んで買う。

　　1．もとより　　2．さらに　　3．すら　　4．まだしも

(7) 彼の苦労を知ったら、とてもそんなことは言う＿＿＿＿はずだ。

　　1．気にない　　2．気になった　　3．気になれない　　4．気になれる

(8) わが子の将来を＿＿＿＿に、いっしょうけんめい働いている。

　　1．楽しみ　　2．楽しさ　　3．楽しく　　4．楽しい

(9) その言葉は、この地方で＿＿＿＿通用しない。

　　1．こそ　　2しか　　3．より　　4．ほか

(10) いよいよ木の根を食べる以外にない、という＿＿＿＿まできてしまった。

　　1．ところ　　2．とき　　3．かぎり　　4．ていど

文法　文完成問題

問題Ⅰ　次の文の下線にはどんな言葉を入れたらよいか。最も適当なものを１・２・３・４の
中から一つ選びなさい。

(1)　最近、日本語を勉強する人が＿＿＿＿。

　　１．増えてきているそうですね

　　２．増えてくるそうですね

　　３．増えていっているそうですね

　　４．増えていくそうですね

(2)　これ、あした使うんだけど＿＿＿＿。

　　１．どこに置いてあるかな

　　２．どこに置いておこうか

　　３．どこに置いてしまったっけ

　　４．どこに置いてきたかな

(3)　あす、ご都合がよろしければ、３時ごろ＿＿＿＿。

　　１．うかがいません

　　２．おうかがいになります

　　３．うかがわせてください

　　４．うかがってください

(4)　こんな雨の中＿＿＿＿、本当に申し訳ありません。

　　１．お呼び立てくださいまして

　　２．お呼びになりまして

　　３．お呼びいただきまして

　　４．お呼び立ていたしまして

(5) よろしかったら、どれでも好きな本を＿＿＿＿＿。

　1．ご覧なさい

　2．ご覧になってください

　3．拝見してください

　4．拝見してもかまいません

(6) 最近の若い人は、伝統的なものを＿＿＿＿＿。

　1．守りそうになりました

　2．守ろうともしません

　3．守ろうと思ったとたんでした

　4．守りそうにしました

(7) あんなひどいことを言ったのだから、許してもらえる＿＿＿＿＿。

　1．わけでしょう

　2．わけでもないでしょう

　3．わけがないでしょう

　4．わけがあるでしょう

(8) ほかの人がやっているからといって、そんなことを＿＿＿＿＿。

　1．するほかはない

　2．するはずだ

　3．するべきだ

　4．するべきではない

(9) こんなにうるさいのだから、ゆっくり考える＿＿＿＿＿。

　1．こともない

　2．べきである

　3．ところだ

　4．どころではない

(10) 寝ても疲れがとれないということは＿＿＿＿。

　　1．年をとっているものです

　　2．年をとったということです

　　3．年をとるわけです

　　4．年をとるところです

問題II　次の文の＿＿＿＿には、どんな言葉を続けたらよいか。最も適当なものを1・2・3・
　　　　4の中から一つ選びなさい。

(1) いったん、やると言ったからには、＿＿＿＿。

　　1．どうしてもやれません

　　2．どうしていいか、わかりません

　　3．どんなことがあっても、やります

　　4．どんなことがあれば、やります

(2) あの人は、口ではうまいこと言って＿＿＿＿。

　　1．実際には悪いことばかりやっている

　　2．実際には悪いことはやらない

　　3．実際にはいいことばかりやっている

　　4．実際にはいいことはやらないほうがいい

(3) 車で行ったら何時間かかるかわからないから、電車に＿＿＿＿。

　　1．乗るよりいい

　　2．乗らないほうがいい

　　3．乗るわけはない

　　4．乗らざるをえない

(4) こんな状態が10年も20年も続いているのに、いっこうに＿＿＿＿。

　　1．良い方向になりつつある

　　2．良い方向になっていた

　　3．良い方向に向かっていない

　　4．良い方向に向かっていてくれ

(5) 他の人の力を借りないと、＿＿＿。

1．何でもできる

2．何かがわかる

3．何にもできる

4．何一つできない

(6) あの人は歌手のわりには＿＿＿。

1．歌がじょうずだ

2．歌がへただ

3．歌を知っている

4．歌を知ることだ

(7) 松田先生にお会いしたいと思っていたのですが……、ご都合が悪いようでしたら＿＿＿。

1．ご遠慮いたします

2．ご遠慮いただきます

3．ご遠慮なさいます

4．ご遠慮ねがいます

(8) やってしまったことを今さら＿＿＿。

1．後悔するかもしれない

2．後悔していればいい

3．後悔すれば、何とかなる

4．後悔してもどうしようもない

(9) 何度もご注意申しあげたと思いますが、このアパートでは犬を飼ってはいけない＿＿＿。

1．ことになっているんです

2．ことになるんです

3．ことにしましょう

4．ことにするんです

(10) 勝手に読んじゃ悪いかなと思ったんだけど_____。

    1．読んでやったよ

    2．読まれたよ

    3．読ませてもらったよ

    4．お読みしました

問題III　次の文の_____には、どんな言葉を入れたらよいか。最も適当なものを１・２・３・
    4の中から一つ選びなさい。

(1)　優勝しないまでも、_____。

    1．ずっと負け続けていた

    2．何度か挑戦を続けた

    3．三位ぐらいには入りたいものだ

    4．ずいぶん練習しなければならない

(2)　買おうと思っているうちに、つい_____。

    1．安いのをさがした

    2．高いのを買ってしまった

    3．買わないことにした

    4．買いそこねてしまった

(3)　どうも先日は、_____。

    1．いろいろなお世話をしました

    2．いろいろとお世話になりました

    3．手伝っていただきました

    4．手伝ってさしあげました

(4)　何回も聞いていながら、_____。

    1．彼の名前をまちがえてしまった

    2．内容を全部覚えてしまった

    3．いつの間にか眠ってしまった

    4．かんたんに思い出せた

(5) この筆者は他人から聞いた話を、あたかも_____。

　　1．自分で見たかのように書いている

　　2．読者にわかりやすいように書いている

　　3．発展させて、さらにおもしろくしている

　　4．そのまま少しも変えずに書いている

(6) この問題は私には歯が立たない。考えれば考えるほど、_____。

　　1．少しもわからない

　　2．少しだけわかってきた

　　3．だんだんよくわかるようになる

　　4．ますますわからなくなる

(7) 大雨が降っていたにもかかわらず、_____。

　　1．外出するのをやめた

　　2．その前日はいい天気だった

　　3．雨はなかなかやまなかった

　　4．荷物をうちまで届けてくれた

(8) _____、おとなのような口をきく。

　　1．子供がせっかく　　　2．子供がいっそう

　　3．子供のくせに　　　　4．子供のまねをして

(9) _____、ほしいとは思わない。

　　1．お金を払ってまで　　2．お金があるからには

　　3．お金がいくらでも　　4．お金を払えば

(10) たとえ_____、貸してあげない。

　　1．持っていないので

　　2．持っていたとしても

　　3．持っていようにも

　　4．持っていないとすれば

1級模擬試験問題

文字・語彙

聴　　解

読解・文法

問題Ⅰ 次の下線をつけたことばは、どのように読みますか。その読み方をそれぞれの1・2・3・4から一つ選びなさい。

問1 北国では、この祭りは、長い冬から<u>解放され</u>、春を<u>迎える</u>喜びにあふれた<u>行事</u>になっている。
(1)　　　　　　　(2)　　　　　　　(3)

（1）解放され　　　1．げほうされ　　　　2．かいけつされ
　　　　　　　　　3．けいほうされ　　　　4．かいほうされ
（2）迎える　　　　1．むかえる　　　　　2．おさえる
　　　　　　　　　3．うれえる　　　　　4．かかえる
（3）行事　　　　　1．こうじ　　　　　　2．ぎょうじ
　　　　　　　　　3．ごうじ　　　　　　4．おこないごと

問2 患者の脳が完全に死んでいる、と<u>判定される</u>時に、医師は家族の<u>了承</u>を<u>得て</u>人工呼吸器
(1)　　　　　　　　　　　　　(2)　　(3)
のスイッチを切ることもある。しかし、その脳死の<u>見極め</u>の基準は、専門家でも統一され
(4)
ておらず、<u>揺れている</u>状態だ。
(5)

（1）判定される　　1．はんたいされる　　2．はんだんされる
　　　　　　　　　3．はんていされる　　4．ばんていされる
（2）了承　　　　　1．りょうしょう　　　2．しょうち
　　　　　　　　　3．りょうしゅう　　　4．りょうかい
（3）得て　　　　　1．とって　　　　　　2．まって
　　　　　　　　　3．うて　　　　　　　4．えて
（4）見極め　　　　1．みきわめ　　　　　2．みさだめ
　　　　　　　　　3．けんきょくめ　　　4．みきょくめ
（5）揺れている　　1．わかれている　　　2．ゆれている
　　　　　　　　　3．うれている　　　　4．みだれている

問3 石造りの古い映画館に入ると、壁はいぶし銀の<u>輝き</u>を<u>放って</u>おり、あたりには<u>重厚</u>な<u>雰囲気</u>
(1)　(2)　　　　　　　　　(3)　(4)
が<u>漂って</u>いた。
(5)

（1）輝き	1．きらめき	2．またたき
	3．かがやき	4．ひらめき
（2）放って	1．ほうって	2．はなって
	3．ちって	4．おくって
（3）重厚な	1．じゅうこうな	2．ちょうこうな
	3．じゅうあつな	4．ちょうあつな
（4）雰囲気	1．ふんいき	2．ふいんき
	3．ふういき	4．ふんいけ
（5）漂って	1．たまって	2．よって
	3．かたよって	4．ただよって

問題Ⅱ　次の文の下線をつけたことばは、どのように読みますか。同じ読み方をする漢字（意味・アクセントは関係がありません）を 1・2・3・4 から一つ選びなさい。

（例）　就職するか、進学するかで迷っている。

　1．主食　　　　2．修飾　　　　3．出色　　　　4．侵食

　問題の文の下線のことばは「しゅうしょく」と読みます。1～4 の漢字はそれぞれ、1 は「しゅしょく」、2 は「しゅうしょく」、3 は「しゅっしょく」、4 は「しんしょく」と読みます。問題文の「しゅうしょく（就職）」と、2 の「しゅうしょく（修飾）」は同じ読み方ですから、正解は 2 です。

（1）　新しいものを創造するのは大変なことである。

　1．早々　　　　2．送料　　　　3．想像　　　　4．騒然

（2）　これからは資格の時代だ。

　1．視覚　　　　2．自覚　　　　3．私学　　　　4．字画

（3）　短い期間でこれを全部終えるのは難しい。

　1．技官　　　　2．気化　　　　3．祈願　　　　4．機関

（4）　慣行として、この神事は女の子だけしか参加できない。

　1．眼光　　　　2．看護　　　　3．加工　　　　4．観光

（5） 彼は色彩に関する<u>感覚</u>が非常に鋭い。

    1．間隔　　　　　2．価格　　　　　3．科学　　　　4．漢学

問題III　次の下線をつけたことばは、どのような漢字を書きますか。その漢字をそれぞれの1・
　　　　2・3・4から一つ選びなさい。

問1　慣れない土地での生活は苦しかった。体験したことのない<u>げんかん</u>の気候、<u>はげしい</u>労
　　　(1)　　　　　　　　　　　　　　(2)
　働、乏しい食事、それに<u>たえかねて</u>多くの仲間が<u>たおれて</u>いった。
　　　　　　　　　　　(3)　　　　　　　　(4)

  （1）げんかん　　　1．玄関　　　　　　　2．厳寒

               3．酷寒　　　　　　　4．極寒

  （2）はげしい　　　1．厳しい　　　　　　2．激しい

               3．励しい　　　　　　4．迫しい

  （3）たえかねて　　1．耐えかねて　　　　2．絶えかねて

               3．忍えかねて　　　　4．応えかねて

  （4）たおれて　　　1．到れて　　　　　　2．倒れて

               3．陥れて　　　　　　4．埋れて

問2　人間ですから、絶対に<u>あやまち</u>を<u>おかさない</u>、とは言えません。ただ、それがわかった
　　　　　　　　　　　　(1)　　　　(2)
　時には<u>そっちょくに</u><u>みとめて</u>、<u>あらためる</u>姿勢をもっていたいものです。
　　　(3)　　　　(4)　　　　(5)

  （1）あやまち　　　1．誤ち　　　　　　　2．過ち

               3．失ち　　　　　　　4．謝ち

  （2）おかさない　　1．犯さない　　　　　2．行さない

               3．起かさない　　　　4．為さない

  （3）そっちょくに　1．率直に　　　　　　2．実直に

               3．素直に　　　　　　4．単直に

  （4）みとめて　　　1．識めて　　　　　　2．容めて

               3．認めて　　　　　　4．見止めて

  （5）あらためる　　1．改める　　　　　　2．新ためる

               3．更める　　　　　　4．添める

問3　戦後の自動車産業は<u>みじめ</u>な状態だった。細々と乗用車をつくってはいたが、性能は<u>おとり</u>、
　　　　　　　　　　　(1)　　　　　　　　　　　　　　　　　　　　　　　(2)

国民の所得も戦前の段階にも<u>およばない</u>時期だったから、<u>じゅよう</u>も少なかった。
₍₃₎   ₍₄₎

（1）みじめな   1．未熟な   2．悲惨な

                  3．短めな   4．惨めな

（2）おとり   1．劣り   2．衰り

                  3．退り   4．遅り

（3）およばない   1．乃ばない   2．扱ばない

                  3．追ばない   4．及ばない

（4）じゅよう   1．重要   2．受容

                  3．必需   4．需要

問題Ⅳ 　次の文の下線をつけたことばの二重線をつけた部分は、どのような漢字を書きますか。

同じ数字を使うものを１・２・３・４から一つ選びなさい。

（例）　このあたりは冬になると<u>せき</u>せつが２メートルを越えるそうだ。

1．事件の<u>せき</u>にんをとって、辞職しなければならない。

2．こちらにこく<u>せき</u>をきにゅうしてください。

3．彼は大学をしゅ<u>せき</u>で卒業した。

4．東京での一人当たりの居住めん<u>せき</u>は非常に狭い。

問題の文の下線のことばは「積雪」と書きます。１～４のことばはそれぞれ、１は「責任」、２は「国籍」、３は「首席」、４は「面積」と書きます。問題の文の「積雪」の「せき」と、４の「面積」の「せき」は同じ漢字ですから、正解は４です。

（1）　開店と同時に、客が入口へ<u>さっとう</u>した。

1．不況でいくつもの会社が<u>とう</u>さんしている。

2．やっと目標のタイムに<u>とう</u>たつした。

3．この問題について、明日３時から<u>とう</u>ろんかいが行われます。

4．かなりの金額を新事業に<u>とう</u>しした。

（2）　学生は全員<u>ほけん</u>に加入してください。

1．お出かけの前にはガスの元栓の<u>てん</u>けんをお忘れなく。

2．もう少し<u>けん</u>やくして、貯金しよう。

3．会場は<u>けんあく</u>な雰囲気につつまれていた。

4．子供の<u>けんり</u>を守ろうという運動がさかんになってきた。

（3）　<u>みせいねんしゃ</u>の飲酒、喫煙は法律で禁止されています。

1．大きな契約がやっと<u>せいりつ</u>した。

2．この問題の<u>せいかい</u>を教えてください。

3．あまり<u>せいきゅう</u>に結論をだそうとするのは、失敗の元だ。

4．日本ではサルの<u>せいたい</u>研究が非常にさかんだ。

（4）　一日の生活時間のなかで、睡眠時間の占める<u>ひじゅう</u>が少なくなりつつある。

1．彼はいつも<u>ひじょうしき</u>な行動をとる。

2．地震の際は近くの公園へ<u>ひなん</u>してください。

3．この小説では<u>ひゆ</u>表現がたくさん使われている。

4．おたがいの文章を<u>ひひょう</u>しあった。

（5）　クラブに入会するようにしつこく<u>かんゆう</u>されて、困っている。

1．新入生の<u>かんげい</u>会は7時からです。

2．職場での悪い慣習をやめるように<u>かんこく</u>された。

3．あの小説が私の<u>じんせいかん</u>を変えた。

4．子供のときの<u>かんきょう</u>は性格を形づくる大きな要因の一つだ。

問題Ⅴ　次の文の＿＿＿＿の部分に入れるのに最も適当なものを、1・2・3・4から一つ選

びなさい。

（1）　選挙大敗の責任が、現在＿＿＿＿されている。

1．検査　　　　2．診察　　　　3．判断　　　　4．追及

（2）　＿＿＿＿とした森の中の小道を一時間近く歩き続けた。

1．さっそう　　2．うっそう　　3．いっそう　　4．しっそう

（3）　無実の証拠がないということで、彼は非常に＿＿＿＿な立場にある。

1．不便　　　　2．不利益　　　3．不利　　　　4．不平

（4）　出がけに靴ひもが切れるなんて、_____でもない。

1．運　　　　　　2．吉　　　　　　3．災難　　　　　4．縁起

（5）　5年ぶりにここで大きな客船が_____された。

1．建築　　　　　2．建造　　　　　3．建立　　　　　4．建設

（6）　誤解を_____ために、もっと具体的な例を出したほうがいい。

1．さける　　　　2．よける　　　　3．まぬがれる　　4．にげる

（7）　はじめから本当のことを_____話していれば、疑われることはなかったはずだ。

1．ありあり　　　2．ありあわせ　　3．ありきたり　　4．ありのまま

（8）　あのレコードも生産中止となり、_____どこをさがしても、手に入らなくなった。

1．やっと　　　　2．とうとう　　　3．いずれ　　　　4．ようやく

（9）　この問題をどう解決すればいいかわからず、全員で_____をかかえてしまった。

1．頭　　　　　　2．腹　　　　　　3．足　　　　　　4．肩

（10）　日々出てくる問題に_____するのに精一杯で、抜本的な改革がなかなか出来ない。

1．対策　　　　　2．対決　　　　　3．対処　　　　　4．対抗

（11）　_____ようで申し訳ないんですが、そろそろ時間ですので、このへんで。

1．話にならない　2．話がつく　　　3．話に花がさく　4．話に水をさす

（12）　彼女はある団体役員を_____に次々と重要な職務をこなしていった。

1．仕切り　　　　2．口切り　　　　3．見切り　　　　4．皮切り

（13）　子供たちの言動にもっと関心を_____、非行などの問題は減少するはずだ。

1．はらえば　　　2．ついやせば　　3．そなえれば　　4．とれば

（14）　業務の_____化のおかげで、労働時間がかなり短縮されそうだ。

1．コンディション　2．バリエーション　3．イミテーション　4．オートメーション

問題Ⅵ 次の（1）から(10)は、あることばの意味を説明したものです。それぞれの説明にあう用例を 1・2・3・4 から一つ選びなさい。

（1） 年……年齢

　　1．このあたりでは氷が厚くはった年は豊作になると言われている。

　　2．年がたつにつれ、つらい記憶もうすれてきた。

　　3．わたしは年のわりに体が小さかったので、よくいじめられた。

　　4．わたしは東京オリンピックがあった年に生まれた。

（2） 目……経験

　　1．高校のころ、親の目がうるさいので、かくれてタバコを吸ったりお酒を飲んだりした。

　　2．きのうはひどい目にあった。

　　3．外国でいろいろめずらしいものを目にした。

　　4．お父様には一度お目にかかったことがあります。

（3） きく……できる

　　1．この薬はかぜによくきく。

　　2．おこっているのか、一言も口をきかない。

　　3．ブレーキがきかず、事故をおこしそうになった。

　　4．年をとって無理がきかなくなった。

（4） 見る……考える

　　1．上の子が弟や妹のめんどうを見てくれるのでたすかる。

　　2．先生に作文を見てもらった。

　　3．毎晩、日本語のニュースを見ている。

　　4．人を甘く見ると失敗する。

（5） 投げ出す……あきらめてやめる

　　1．彼はたった一度の失敗で仕事を投げ出してしまった。

　　2．恵まれない子供たちのために全財産を投げ出した。

　　3．人の前で足を投げ出すのは行儀が悪い。

　　4．本やノートが机の上に投げ出したままになっている。

（6）　山……クライマックス、最後の段階

　　1．休んでいる間に仕事が<u>山</u>のようにたまってしまった。

　　2．犯人の指定した時刻が迫り、人質救出作戦は<u>山</u>を迎えた。

　　3．きのうのテストは<u>山</u>をかけていたところがはずれてしまった。

　　4．この町は四方を<u>山</u>に囲まれている。

（7）　夢……願望

　　1．一千万円の宝くじが当るなんて<u>夢</u>のようだ。

　　2．<u>夢</u>ででもいいから、もう一度あの人に会いたい。

　　3．世界一周するのが子供のころからの<u>夢</u>だった。

　　4．ゆうべ音楽家になって大成功する<u>夢</u>を見た。

（8）　休む……寝る

　　1．ちょっと<u>休ん</u>でお茶でも飲みませんか。

　　2．病気で一カ月学校を<u>休ん</u>だ。

　　3．つかれたから、きょうは早く<u>休も</u>う。

　　4．週末も<u>休ま</u>ないで仕事をした。

（9）　面……顔

　　1．どんな政策にもいい<u>面</u>と悪い面がある。

　　2．彼に<u>面</u>とむかって忠告するには勇気がいる。

　　3．子供たちは鬼の<u>面</u>をかぶった人を見て泣きだしてしまった。

　　4．彼は仕事の<u>面</u>では優秀だが、私生活には問題が多い。

（10）　元……原因

　　1．ちょっとしたけんかが<u>元</u>で二人は離婚した。

　　2．病気が治っても、もう<u>元</u>の体には戻らないかもしれない。

　　3．買い値と売り値が同じでは<u>元</u>がとれない。

　　4．この小説は作家の経験を<u>元</u>に書かれている。

問題 I

例

A

B

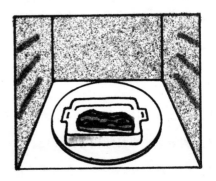

C

かいとう
解凍

D

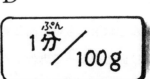

1. B → C → A → D
2. B → C → D → A
3. C → B → D → A
4. C → B → A → D

1番

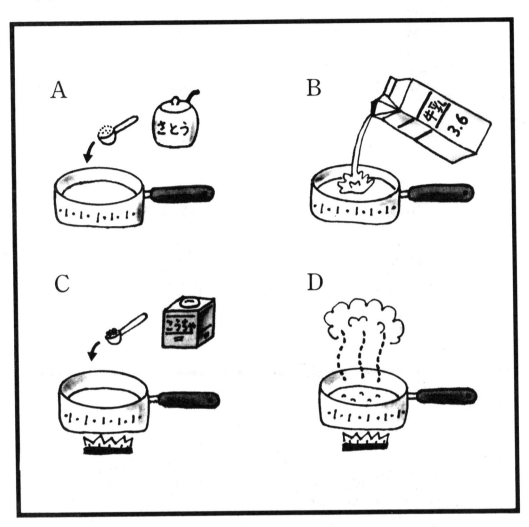

A

B

C

D

1. A → B → C → D
2. A → C → D → B
3. C → A → B → D
4. C → B → D → A

2番

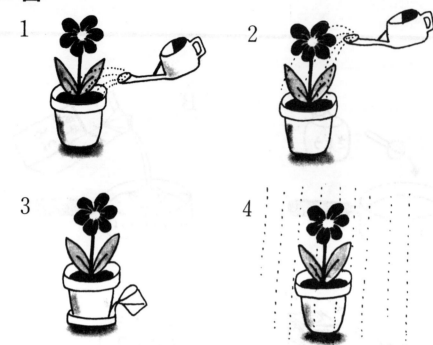

3番

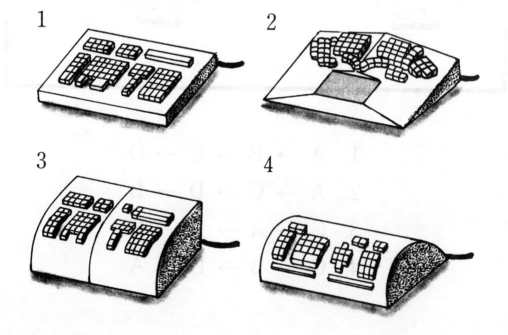

4番

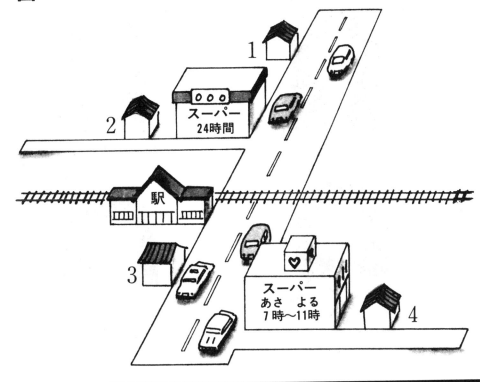

5番

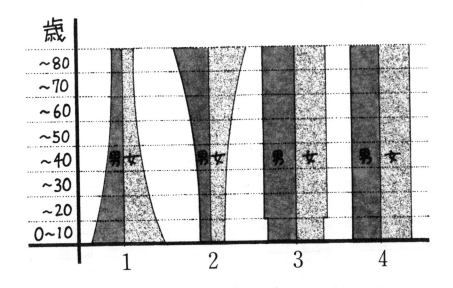

6番

1

2

3

4

7番

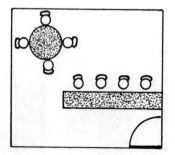
1

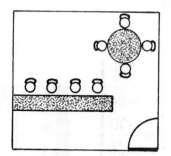
2

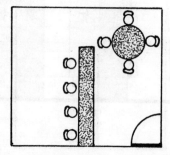
3

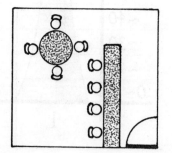
4

8番

1

2

3

4

9番

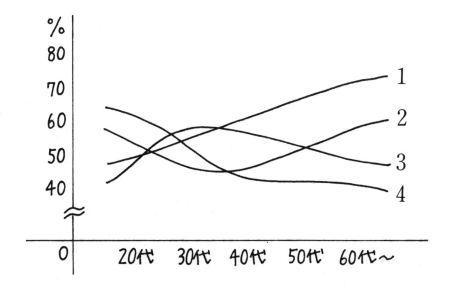

10番

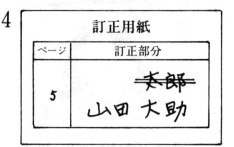

1	訂正用紙		2	訂正用紙	
ページ	訂正部分		ページ	訂正部分	
5	山田 太郎 山田 大助		5	山田 太郎 山田 大助	

3	訂正用紙		4	訂正用紙	
ページ	訂正部分		ページ	訂正部分	
5	太郎 → 大助		5	太郎 山田 大助	

問題Ⅱと問題Ⅲは絵はありません。

このページはメモに使ってもいいです。

読解・文法

問題 I　次の文章を読んで、後の問いに答えなさい。

　私がダイビングを始めたのは二十数年前。まだ、指導カリキュラムも学科講習もしっかりし
ていないころ、インストラクターの資格を持っているかどうかも怪しいベテラン女性ダイバー
①
に教えられた。

　おぼれそうになりながらの海洋実習では、とにかくのどが渇き、水中で不安定な体を安定さ
②
せることに必死だったことをよく覚えている。

　だが、すごく楽しかった。そして、その楽しさを分かちあいたかったし、また水中での不安
を少しでも解消したかったので、次はだれかとペアを組んで潜りたいと思った。そう、今日あ
③
るバディシステム（二人一組で潜ること）とは、ダイビングの必然的な基本にして、最大の魅
力の原点でもあるのだ。

　ダイビングの魅力、　　④　　他のスポーツやレジャーと決定的に異なる点は、その非日常
⑤
性だ。とかく仕事の延長線上に存在しがちなゴルフなどとは全く異質。ひとたび海に潜れば、
⑥
そこは別世界。老いも若きも、男も女も、社長も新人類も、みな平等。苦しいときには、だれ
⑦
もがわらをもつかんでしまう世界に入る。

　陸では見えない、人間の本性がよく分かるスポーツだから、フィアンセと結婚前に潜ること
⑧
をお勧めしたい。

　スキューバダイビングは、今やその指導法もすっかり確立し、だれでも安全に楽しめるよう
になった。そのせいか、かつては若い人が中心だった受講希望者も、最近では四十代～六十代
⑨
の人がぐっと増えた。

　さて、これから始めようという人は、まず信頼できるインストラクターを探すことだ。人か
らうわさを聞くのもいいし、自分で街のダイビングショップを訪ねて、直接話を聞いてみるの
もいい。

　講習はまず学科から。海に関する物理学、基本的な装備の扱い方などを学ぶ。次はプールで
の実技練習だ。実際に装備をつけて、それを使いこなす方法を修得する。そして、最後は海洋
実習。この後に認定カードがもらえる。

（成瀬昇吾「野遊び入門」1991年5月4日付「朝日新聞」より）

問1 「インストラクターの資格を持っているかどうかも怪しいベテラン女性ダイバー」とあ
①
るが、どんな女性ダイバーか。1・2・3・4から最も適当なものを一つ選びなさい。

1．資格は持っていないが、経験が豊富な女性ダイバー

2．資格は持っているが、経験があまりない女性ダイバー

3．資格は持っているかもしれないが、経験があまりない女性ダイバー

4．資格は持っていないかもしれないが、経験が豊富な女性ダイバー

問2 「おぼれそうになりながらの海洋実習」とあるが、おぼれそうになったのはだれか。1・
②
2・3・4から最も適当なものを一つ選びなさい。

1．私

2．女性ダイバー

3．私と女性ダイバー

4．だれか

問3 「今日あるバディシステム（二人一組で潜ること）とは、ダイビングの必然的な基本に
③
して、最大の魅力の原点でもあるのだ。」とあるが、なぜそう思うのか。1・2・3・4か
ら最も適当なものを一つ選びなさい。

1．楽しさをだれかと分かちあえるから。

2．水中での不安を少しは解消できるから。

3．楽しさを分かちあえるし、また、水中での不安を少しは解消できるから。

4．だれかとペアを組んで潜りたいから。

問4 ［　　④　　］の中にはどんな言葉を入れたらよいか。1・2・3・4から最も適当なもの
を一つ選びなさい。

1．なぜなら　　2．むしろ　　3．もちろん　　4．すなわち

問5 「非日常性」と同じ意味になるのはどれか。1・2・3・4から最も適当なものを一つ
⑤
選びなさい。

1．いつもの生活と同じこと

2．いつもの生活と違うこと

3．いつもの生活とほとんど同じこと

4．いつもの生活とあまり違わないこと

問6　「仕事の延長線上に存在しがちな」とは、どういう意味か。1・2・3・4から最も適
　　　⑥
　　当なものを一つ選びなさい。

　1．仕事と無関係である場合が多い。

　2．仕事と無関係でない場合が多い。

　3．仕事と関係がある場合が少ない。

　4．仕事と無関係である場合が少なくない。

問7　「苦しいときには、だれもがわらをもつかんでしまう世界」とは、どんな世界か。1・
　　　⑦
　　2・3・4から最も適当なものを一つ選びなさい。

　1．別世界　　　　　　　　　　2．異質な世界

　3．「みな平等」の別世界　　　4．大変危険な世界

問8　「フィアンセと結婚前に潜ることをお勧めしたい。」とあるが、なぜか。1・2・3・4
　　　⑧
　　から最も適当なものを一つ選びなさい。

　1．結婚相手の本当の性格を知ることができるから。

　2．水中では危ないので、よく助け合うから。

　3．フィアンセの趣味や興味を知っておくことも大切だから。

　4．フィアンセが泳げない人だと、結婚してから分かっても困るから。

問9　「かつては若い人が中心だった受講希望者も、最近では四十代～六十代の人がぐっと増
　　　⑨
　　えた。」とあるが、なぜ増えたのか。1・2・3・4から最も適当なものを一つ選びなさい。

　1．人間の本性がよくわかる安全なスポーツだから。

　2．指導方法がすっかり確立し、いいインストラクターも増えたから。

　3．だれでも安全に楽しめるようになったから。

　4．指導方法がしっかりしていて、みんなが安全に楽しめるようになったから。

問10　　スキューバダイビングに特有の魅力は、次のどれか。1・2・3・4から最も適当な
　　ものを一つ選びなさい。

　1．だれでも安全に楽しめること

　2．年齢に関係なく楽しめること

　3．「みな平等」の別世界という非日常性

　4．人間の本性がよく分かるスポーツであること

問題II　次の文章を読んで、後の問いに答えなさい。

戦後、しつけがなくなった、[＿＿①＿＿]明治以来築いてきた、社会に対する規範がくずれた、と嘆く声が高い。国民総動員の形で、明治以来おし進めてきたしつけだが、本当は国民の間に
___
②
それほど浸透していなかったのではないか、官制しつけが身についていなかったのではないか。「しつけ文化」は、実は各階層ごとに多元的に存在していたのである。戦後、経済的、社会的平等が急速に起り、異なった「しつけ文化」を持った層が、それぞれわっと一つの舞台に顔を出しはじめた。このため、「しつけ」がひどく混乱しているようにみえるのではないか。いま
　　　　　　　　　　　　　　③
は、しつけの多元的乱立時代なのかも知れない。たとえば、近ごろの若いものは長上に対する言葉づかいを知らぬというが、[＿＿④＿＿]、日常生活において、長上に対する言葉づかいのきびしいしつけをうけていた階層というのは、国民のなかのごく一部にしかすぎなかったのではないか。

しつけは「らしさ」と関係がある。若者らしさ、女らしさ、つまり既成社会の「期待される
　　　　　　　　　　　　　　　　　　　　　　　　　　　　　　⑤
人間像」に応えなければならないのである。二枚目が三枚目の演技をしては、社会としても困るのだ。昔は「らしさ」のワクがきびしかった。いまはよほど自由になっている。それが、し
　　　　　　　　　　　　　　　　　　　　　　　　　　　　　　　　　⑥
つけがゆるんだと感じさせる原因の一つであろう。いまの演劇は、二枚目も三枚目もないのである。

年寄りは礼儀正しく、若者は粗野だと一般にいわれるが、そうとばかりはいえない。年配の人ほどエゴイズムがひどい。昔の大人はいつでも肩書きを背負っていて、肩ひじ張った付合いではなかったか。いまの若者は国境を越え、人種を問わず、すぐ話合いができて仲よくなる。明治、大正期には人間としてのコミュニケーションがなかった。いまは国家や民族や階層をこ
⑦
えた人間同士のコミュニケーションで、新しいマナーができつつある。

現代の日本は、社会発展のテンポと国民文化の形成とに、ずれがある。国も家庭も「しつけ
⑧
の歌」を敗戦と共に失って、[＿＿①＿＿]打ち立てた国民的規模のしつけがくずれ去ったと嘆くばかりである。しかし、古いしつけの回復をねがうよりは、新しいしつけの形成を考える方が大切なのではないか。

（梅棹忠夫ほか『日本人のこころ』朝日選書15より）

問1　[＿＿①＿＿]の中にはどんな言葉を入れたらよいか。1・2・3・4から最も適当なものを一つ選びなさい。

　　1．やっぱり　　2．うっかり　　3．せっかく　　4．まったく

問2　「国民総動員の形で、明治以来おし進めてきたしつけだが、本当は国民の間にそれほど
②
浸透していなかったのではないか、官制しつけが身についていなかったのではないか。」と
あるが、言いたいことは何か。1・2・3・4から最も適当なものを一つ選びなさい。

1．明治から戦前までは、国民全体に国家のしつけが浸透していた。

2．明治から戦前までは、国民全体に国家のしつけが浸透していたと考えられているが、本
当はあまり浸透していなかったと思う。

3．明治から戦前までは、国民全体に国家のしつけが浸透していなかったと考えられていた
が、本当はよく浸透していたと思う。

4．明治から戦前までは、国民全体に国家のしつけが浸透していなかったと思う。

問3　「『しつけ』がひどく混乱しているようにみえる。」とあるが、なぜ混乱しているように
③
みえるのか。1・2・3・4から最も適当なものを一つ選びなさい。

1．戦後、しつけがなくなったから。

2．戦後、社会に対する規範がくずれたから。

3．戦後、「しつけ文化」が各階層ごとに多元的に存在するようになったから。

4．戦後、異なった「しつけ文化」を持った層が、対等に自己主張するようになったから。

問4　□□□④□□□の中にはどんな言葉をいれたらよいか。1・2・3・4から最も適当なもの
を一つ選びなさい。

1．もともと　　2．ときどき　　3．かねがね　　4．わざわざ

問5　「既成社会の『期待される人間像』」とは、たとえばどんな人間像か。1・2・3・4か
⑤
ら最も適当なものを一つ選びなさい。

1．社会の役に立つ立派な人間

2．厳しいしつけを受けた国民

3．「若者」というイメージに合う若者

4．三枚目のような二枚目

問6　「それ」の指す内容として、最も適当なものを1・2・3・4の中から選びなさい。
⑥

1．昔は「らしさ」が強く要求されたが、いまはそうではない。

2．昔は「らしさ」ということばがよく用いられたが、いまはそうではない。

3．いまは男女の区別がなくなり、平等になった。

４．いまの演劇には二枚目三枚目の区別がなくなった。

問7　「明治、大正期には人間としてのコミュニケーションがなかった。」とあるが、なぜなか
　　　　　　⑦
　　ったのか。１・２・３・４から最も適当なものを一つ選びなさい。

１．しつけが厳しかったから。

２．エゴイズムがひどかったから。

３．年寄りも若者も礼儀正しかったから。

４．肩書きなどを気にしていたから。

問8　「現代の日本は、社会発展のテンポと国民文化の形成とに、ずれがある。」とはどういう
　　　　　　⑧
　　ことか。１・２・３・４から最も適当なものを一つ選びなさい。

１．社会が発展する速度より、国民的な文化が形成される速度のほうが早い。

２．社会が発展する速度より、国民的な文化が形成される速度のほうが遅い。

３．社会が発展する速度と、国民的な文化が形成される速度は同じくらい早い。

４．社会が発展する速度と、国民的な文化が形成される速度は同じくらい遅い。

問9　筆者はどのような気持ちからこの文章を書いたと思うか。１・２・３・４から最も適当
　　なものを一つ選びなさい。

１．戦後、しつけがなくなり、困ったものだ。

２．戦後、経済的、社会的平等が急速に起り、異なった「しつけ文化」の多元的乱立時代に
　　なったので、よかった。

３．戦後、しつけがなくなったと嘆くより、時代の変化に合った新しいしつけを考えていこ
　　う。

４．国家や民族や階層をこえた人間同士のコミュニケーションを大切にしよう。

問10　上の文章は何について書かれたものか。１・２・３・４の中から、この文章のテーマ（主
　　題）として最も適当なものを選びなさい。

１．「らしさ」の移り変わり　　　　２．新しいマナーとしてのしつけ

３．人間的なコミュニケーション　　４．自由な社会と既成の社会

問題III 次の文を読んで、それぞれの問いに対する答えとして最も適当なものを1・2・3・4から一つ選びなさい。

（1）　「簡潔な文章」には、もちろん短くて簡単だということや、むだがないように書けているということも必要だが、それだけではあるまい。

　問い　上の文の内容と合っているものはどれか。
　　1．簡潔な文章を書くには、短くて簡単でむだがないことが欠かせない。
　　2．簡潔な文章を書くには、短くて簡単でむだがないというだけでも十分ではないだろうか。
　　3．簡潔な文章を書くには、短くて簡単でむだがないことなど必要ではない。
　　4．簡潔な文章を書くには、短くて簡単でむだがないということよりも必要なことがある。

（2）　どんなに腕のよい狩人でも、鉄砲がなくては、みすみすえものを逃がしてしまいます。名医でも、薬がなくては病気をなおすことができません。狩人の鉄砲、医者の薬にあたるものが、語学の場合の辞書です。

（藤田五郎『ドイツ語のすすめ』講談社新書より）

　問い　上のたとえ話はどういうことを言っているのか。
　　1．語学を勉強するには、辞書が必要だ。
　　2．よい辞書を買いなさい。
　　3．辞書がないので、語学が勉強できない。
　　4．語学が上手になるには、辞書さえあればよい。

（3）　もしもこの書物がベルツの回想録であったなら、私はそれを読んでもこれほどまでには感動しなかったかも知れない。しかし、これは紛れもなく彼の日記である。

（林達夫『歴史の暮方』中公文庫より）

　問い　上の文と同じ意味の文はどれか。
　　1．私はベルツの回想録を読んでとても感動した。
　　2．私はベルツの日記を読んでとても感動した。
　　3．私はベルツの回想録を読んだが、ほとんど感動しなかった。
　　4．私はベルツの日記を読んだが、ほとんど感動しなかった。

（4）　ところで、子どもの幸福は、この地上では不可能な夢ではないだろうか。というのは、人間の純一な世界が、この地上にはなくて、どこか遠いほかの世界でなくては見いだすわけにいかないのではないかと思われるからである。

（内藤濯『星の王子とわたし』文春文庫より）

問い　上の文は、要するに、どういうことを言っているのか。

1．子供の幸福と人間の純一な世界は、地球上のどこかにきっとあると思う。

2．子供の幸福は不可能な夢ではないし、人間の純一な世界も、地球上のどこか遠いところにはあると思う。

3．人間の純一な世界というものが地上にない以上、子供の幸福も地上では不可能な夢である。

4．子供の幸福や人間の純一な世界は、地上にもどこか遠い世界にもない。

（5）　数学は論理的で演繹的な学問であって、理屈だけで押していける、という人がある。もしそれが他の生物学や、化学や物理学と比較して言っているのであったら、その言葉は正しいといってよい。たしかに数学はあらゆる科学のなかで論理にたよることの最も多い、そして現実の経験にたよることの最も少ない学問である。しかし、それはあくまで比較の意味で言っているのであって、数学が論理だけにもとづいていて、現実とは無関係な学問だということではない。

（遠山啓『数学入門（上）』岩波新書より）

問い　上の文の内容と合っているものは次のどれか。

1．数学は、論理的で演繹的な学問であるとは言えない。

2．数学は理屈だけで押していけるという人は正しい。

3．数学は論理だけにもとづいていて、現実とは無関係な学問だと言えないことはない。

4．数学は他の学問に比べれば、現実の経験より論理にたよることが多い。

問題IV　次の文の＿＿＿＿＿にはどんな言葉を入れたらよいか。1・2・3・4から最も適当なものを一つ選びなさい。

（1）　家族にめいわくを＿＿＿＿＿として彼は老人ホームに入った。

1．かけよう　　2．かけず　　3．かけない　　4．かけまい

（2）　会社の近くに住まいを持てる人は少なく、片道２時間かけて通勤する人＿＿＿＿いる。

　　　1．より　　2．こそ　　3．さえ　　4．ほど

（3）　あの人がそんなひどいことを言うなんて＿＿＿＿得ません。

　　　1．あり　　2．ある　　3．あって　　4．あった

（4）　私は庭の花をみている＿＿＿＿しあわせです。

　　　1．しか　　2．だけで　　3．だけが　　4．だけしか

（5）　きょうは残業したくなかったのだが、課長に無理やり＿＿＿＿。

　　　1．させた　　2．やられた　　3．しなかった　　4．させられた

（6）　小さい子どもにそんなむずかしい判断が＿＿＿＿わけがない。

　　　1．できる　　2．できない　　3．できた　　4．できなかった

（7）　現地の人々のはげしい反対にあって、社長ら幹部は海外進出を＿＿＿＿を得なかった。

　　　1．あきらめる　　2．あきらめない　　3．あきらめざる　　4．あきらめず

（8）　道路の整備は進まず、車が＿＿＿＿増えるほど渋滞はひどくなった。

　　　1．増えたら　　2．増えるなら　　3．増えても　　4．増えれば

（9）　たとえ給料があがった＿＿＿＿、労働時間が長くなったのでは少しもありがたくない。

　　　1．としても　　2．となれば　　3．といって　　4．としたら

（10）　便利な都会より多少不便でも緑豊かないなかのほうがいい、という人もいる＿＿＿＿違
　　　いない。

　　　1．で　　2．のは　　3．も　　4．に

（11）　そんなこと、いちいち親に相談する＿＿＿＿ありません。

　　　1．までも　　2．ほども　　3．よりも　　4．だけも

（12）　いったいどこをさがせば見つかるの＿＿＿＿。

　　　1．だろう　　2．だった　　3．らしい　　4．かもしれない

（13）　どちらが好きか、と＿＿＿＿迷わずこちら、と答えます。

　　　1．聞けば　　2．聞かれば　　3．聞かせれば　　4．聞かれれば

(14)　車があると＿＿＿＿＿ため、みんな持ちたがります。

　　1．便利　　2．便利だ　　3．便利な　　4．便利の

(15)　腰が痛いのできょうは＿＿＿＿＿話をさせていただきます。

　　1．すわったまま　　2．すわりながらも　　3．すわっても　　4．すわりがちで

(16)　彼女はまるで何もなかったかの＿＿＿＿＿平然と仕事を始めた。

　　1．ほど　　2．みたいな　　3．らしさで　　4．ように

(17)　小さいときはよく兄弟げんかをした＿＿＿＿＿です。

　　1．こと　　2．もの　　3．ものの　　4．はずだった

(18)　昨夜は、娘が夜中になっても帰ってこなかったので、＿＿＿＿＿寝られなかった。

　　1．寝ずに　　2．寝るに　　3．寝ないと　　4．寝たいし

(19)　野球部に入っていますけれども、野球がすごく好きという＿＿＿＿＿。

　　1．ところです　　2．ためではありません　　3．わけではありません　　4．からです

(20)　だれもいない＿＿＿＿＿といって、電気まで消さなくてもいいのに。

　　1．から　　2．ので　　3．ため　　4．わけ

(21)　遅れてすみません。ずいぶん＿＿＿＿＿んじゃありませんか。

　　1．お待ちした　　2．待たされた　　3．お待たせした　　4．お待たせになった

(22)　彼のためにわざわざここまで来たのだから、一言お礼を言って＿＿＿＿＿よさそうなもの
　　なのに。

　　1．あげても　　2．もらっても　　3．くれても　　4．いただいても

(23)　この大学は施設がすばらしい＿＿＿＿＿教授陣もりっぱな方がそろっている。

　　1．だけで　　2．ばかりか　　3．しか　　4．よって

(24)　母国を離れると、第三者＿＿＿＿＿、自分の国を客観的に見ることができます。

　　1．にとって　　2．によって　　3．に対して　　4．として

(25)　あの人はだれからも好かれる＿＿＿＿＿やすい人柄です。

　　1．親しい　　2．親しむ　　3．親しみ　　4．親し

１級模擬試験　解答用紙

文字・語彙

解　答　欄 問　題　Ⅰ						解　答　欄 問　題　Ⅲ						解　答　欄 問　題　Ⅴ					解　答　欄 問　題　Ⅵ				
問1	(1)	①	②	③	④	問1	(1)	①	②	③	④	(1)	①	②	③	④	(1)	①	②	③	④
	(2)	①	②	③	④		(2)	①	②	③	④	(2)	①	②	③	④	(2)	①	②	③	④
	(3)	①	②	③	④		(3)	①	②	③	④	(3)	①	②	③	④	(3)	①	②	③	④
問2	(1)	①	②	③	④		(4)	①	②	③	④	(4)	①	②	③	④	(4)	①	②	③	④
	(2)	①	②	③	④	問2	(1)	①	②	③	④	(5)	①	②	③	④	(5)	①	②	③	④
	(3)	①	②	③	④		(2)	①	②	③	④	(6)	①	②	③	④	(6)	①	②	③	④
	(4)	①	②	③	④		(3)	①	②	③	④	(7)	①	②	③	④	(7)	①	②	③	④
	(5)	①	②	③	④		(4)	①	②	③	④	(8)	①	②	③	④	(8)	①	②	③	④
問3	(1)	①	②	③	④		(5)	①	②	③	④	(9)	①	②	③	④	(9)	①	②	③	④
	(2)	①	②	③	④	問3	(1)	①	②	③	④	(10)	①	②	③	④	(10)	①	②	③	④
	(3)	①	②	③	④		(2)	①	②	③	④	(11)	①	②	③	④					
	(4)	①	②	③	④		(3)	①	②	③	④	(12)	①	②	③	④					
	(5)	①	②	③	④		(4)	①	②	③	④	(13)	①	②	③	④					
問　題　Ⅱ						問　題　Ⅳ						(14)	①	②	③	④					
(例)	①	●	③	④		(例)	①	②	③	●											
(1)	①	②	③	④		(1)	①	②	③	④												
(2)	①	②	③	④		(2)	①	②	③	④												
(3)	①	②	③	④		(3)	①	②	③	④												
(4)	①	②	③	④		(4)	①	②	③	④												
(5)	①	②	③	④		(5)	①	②	③	④												

聴　解

解　答　欄 問　題　Ⅰ						解　答　欄 問　題　Ⅱ					解　答　欄 問　題　Ⅲ				
例	正しい	①	●	③	④	正しい	①	②	●	④	正しい	①	②	③	●
	正しくない	●	②	●	●	正しくない	●	●	③	●	正しくない	●	●	●	④
1番	正しい	①	②	③	④	正しい	①	②	③	④	正しい	①	②	③	④
	正しくない	①	②	③	④	正しくない	①	②	③	④	正しくない	①	②	③	④
2番	正しい	①	②	③	④	正しい	①	②	③	④	正しい	①	②	③	④
	正しくない	①	②	③	④	正しくない	①	②	③	④	正しくない	①	②	③	④
3番	正しい	①	②	③	④	正しい	①	②	③	④	正しい	①	②	③	④
	正しくない	①	②	③	④	正しくない	①	②	③	④	正しくない	①	②	③	④
4番	正しい	①	②	③	④	正しい	①	②	③	④	正しい	①	②	③	④
	正しくない	①	②	③	④	正しくない	①	②	③	④	正しくない	①	②	③	④
5番	正しい	①	②	③	④	正しい	①	②	③	④	正しい	①	②	③	④
	正しくない	①	②	③	④	正しくない	①	②	③	④	正しくない	①	②	③	④
6番	正しい	①	②	③	④	正しい	①	②	③	④	正しい	①	②	③	④
	正しくない	①	②	③	④	正しくない	①	②	③	④	正しくない	①	②	③	④
7番	正しい	①	②	③	④	正しい	①	②	③	④	正しい	①	②	③	④
	正しくない	①	②	③	④	正しくない	①	②	③	④	正しくない	①	②	③	④
8番	正しい	①	②	③	④						正しい	①	②	③	④
	正しくない	①	②	③	④						正しくない	①	②	③	④
9番	正しい	①	②	③	④										
	正しくない	①	②	③	④										
10番	正しい	①	②	③	④										
	正しくない	①	②	③	④										

読解・文法

解　答　欄					解　答　欄					解　答　欄					解　答　欄				
問　題　I					問　題　II					問　題　III					問　題　IV				
問1	①	②	③	④	問1	①	②	③	④	(1)	①	②	③	④	(1)	①	②	③	④
問2	①	②	③	④	問2	①	②	③	④	(2)	①	②	③	④	(2)	①	②	③	④
問3	①	②	③	④	問3	①	②	③	④	(3)	①	②	③	④	(3)	①	②	③	④
問4	①	②	③	④	問4	①	②	③	④	(4)	①	②	③	④	(4)	①	②	③	④
問5	①	②	③	④	問5	①	②	③	④	(5)	①	②	③	④	(5)	①	②	③	④
問6	①	②	③	④	問6	①	②	③	④						(6)	①	②	③	④
問7	①	②	③	④	問7	①	②	③	④						(7)	①	②	③	④
問8	①	②	③	④	問8	①	②	③	④						(8)	①	②	③	④
問9	①	②	③	④	問9	①	②	③	④						(9)	①	②	③	④
問10	①	②	③	④	問10	①	②	③	④						(10)	①	②	③	④
															(11)	①	②	③	④
															(12)	①	②	③	④
															(13)	①	②	③	④
															(14)	①	②	③	④
															(15)	①	②	③	④
															(16)	①	②	③	④
															(17)	①	②	③	④
															(18)	①	②	③	④
															(19)	①	②	③	④
															(20)	①	②	③	④
															(21)	①	②	③	④
															(22)	①	②	③	④
															(23)	①	②	③	④
															(24)	①	②	③	④
															(25)	①	②	③	④

日本語能力試験の構成及び認定基準

級	構　　　　成			認　定　基　準
	類　別	時　間	配　点	
1	文字・語彙 聴　　解 読解・文法 計	４５分 ４５分 ９０分 １８０分	１００点 １００点 ２００点 ４００点	高度の文法・漢字（2,000字程度）・語彙（10,000語程度）を習得し、社会生活をする上で必要であるとともに、大学における学習・研究の基礎としても役立つような、総合的な日本語能力。（日本語を900時間程度学習したレベル）
2	文字・語彙 聴　　解 読解・文法 計	３５分 ３５分 ７０分 １４０分	１００点 １００点 ２００点 ４００点	やや高度の文法・漢字（1,000字程度）・語彙（6,000語程度）を習得し、一般的なことがらについて、会話ができ、読み書きできる能力。（日本語を600時間程度学習し、中級日本語コースを修了したレベル）
3	文字・語彙 聴　　解 読解・文法 計	３５分 ３５分 ７０分 １４０分	１００点 １００点 ２００点 ４００点	基本的な文法・漢字（300字程度）・語彙（1,500語程度)を習得し、日常生活に役立つ会話ができ、簡単な文章が読み書きできる能力。（日本語を300時間程度学習し、初級日本語コースを修了したレベル）
4	文字・語彙 聴　　解 読解・文法 計	２５分 ２５分 ５０分 １００分	１００点 １００点 ２００点 ４００点	初歩的な文法・漢字（100字程度）・語彙（800語程度）を習得し、簡単な会話ができ、平易な文、又は短い文章が読み書きできる能力。（日本語を150時間程度学習し、初級日本語コース前半を修了したレベル）

予想と対策

日本語能力試験1級受験問題集

Preparation & Strategy
Practice Questions for the Japanese Language Proficiency Test Level 1

別冊付録

Appendix

目　　次

解　答

文字・語彙

▶漢字　読み方

問題 I

(1) 3　(2) 1　(3) 1　(4) 3　(5) 4

(6) 3　(7) 2　(8) 2　(9) 4　(10) 3

(11) 1　(12) 4　(13) 1　(14) 2　(15) 1

(16) 2　(17) 3　(18) 4　(19) 1　(20) 2

問題 II

(1) 1　(2) 2　(3) 2　(4) 3　(5) 1

(6) 1　(7) 2　(8) 1　(9) 2　(10) 2

(11) 2　(12) 1　(13) 4　(14) 2　(15) 1

(16) 3　(17) 1　(18) 3　(19) 3　(20) 1

問題 III

(1) 2　(2) 1　(3) 4　(4) 3　(5) 3

(6) 2　(7) 1　(8) 4　(9) 2　(10) 2

(11) 1　(12) 2　(13) 4　(14) 3　(15) 3

(16) 2　(17) 1　(18) 4　(19) 4　(20) 2

▶漢字　書き方

問題 I

(1) 4　(2) 3　(3) 2　(4) 1　(5) 3

(6) 2　(7) 2　(8) 1　(9) 4　(10) 3

(11) 4　(12) 2　(13) 2　(14) 2　(15) 1

(16) 1　(17) 2　(18) 3　(19) 4　(20) 1

問題 II

(1) 1　(2) 2　(3) 2　(4) 1　(5) 1

(6) 4　(7) 1　(8) 3　(9) 3　(10) 1

(11) 1　(12) 2　(13) 4　(14) 3　(15) 3

(16) 2　(17) 2　(18) 1　(19) 4　(20) 3

問題 III

(1) 4　(2) 1　(3) 3　(4) 3　(5) 2

(6) 2　(7) 1　(8) 1　(9) 4　(10) 3

(11) 1　(12) 2　(13) 3　(14) 3　(15) 3

(16) 1　(17) 4　(18) 2　(19) 1　(20) 4

▶語彙　用例の選択

問題 I

(1) 3　(2) 3　(3) 1　(4) 1　(5) 2

(6) 4　(7) 2　(8) 1　(9) 1　(10) 2

問題 II

(1) 3　(2) 2　(3) 3　(4) 1　(5) 3

(6) 3　(7) 2　(8) 3　(9) 4　(10) 3

(11) 3　(12) 3　(13) 2　(14) 1　(15) 3

問題 III

(1) 1　(2) 3　(3) 1　(4) 4　(5) 2

(6) 3　(7) 2　(8) 3　(9) 3　(10) 2

(11) 2　(12) 4　(13) 1　(14) 4　(15) 2

▶語彙　適語の選択

問題 I

(1) 3　(2) 1　(3) 4　(4) 2　(5) 3

(6) 2　(7) 3　(8) 1　(9) 1　(10) 3

問題 II

(1) 4　(2) 1　(3) 2　(4) 1　(5) 4

(6) 4　(7) 3　(8) 1　(9) 1　(10) 4

(11) 1　(12) 2　(13) 2　(14) 3　(15) 3

問題 III

(1) 2　(2) 3　(3) 2　(4) 3　(5) 1
(6) 2　(7) 2　(8) 4　(9) 4　(10) 3
(11) 1　(12) 4　(13) 3　(14) 4　(15) 2

聴 解

第1回

	問題 I	問題 II	問題 III	問題 IV
1番	1	3	1	3
2番	3	2	4	3
3番	4	4	4	2
4番	1	1	2	4

第2回

	問題 I	問題 II	問題 III	問題 IV
1番	1	1	1	4
2番	4	3	3	4
3番	3	3	3	2
4番	3	3	3	1

第3回

	問題 I	問題 II	問題 III	問題 IV
1番	2	3	1	1
2番	1	1	4	4
3番	4	3	3	3
4番	2	1	2	2

第4回

	問題 I	問題 II	問題 III	問題 IV
1番	3	1	4	3
2番	3	2	4	1
3番	3	3	2	4
4番	3	4	4	2

第5回

	問題 I	問題 II	問題 III	問題 IV
1番	1	2	3	4
2番	2	4	2	4
3番	2	4	3	4
4番	3	2	3	3

読解・文法

▶読解　同義文

問題 I

(1) 4　(2) 1　(3) 3　(4) 3　(5) 2
(6) 4　(7) 1　(8) 4　(9) 2　(10) 4

問題 II

(1) 3　(2) 2　(3) 2　(4) 2　(5) 4
(6) 3　(7) 4　(8) 4　(9) 2　(10) 2

問題 III

(1) 1　(2) 3　(3) 1　(4) 4　(5) 1
(6) 3　(7) 2　(8) 1　(9) 3　(10) 2

▶読解　要旨の把握

問題 I

(1) 4　(2) 1　(3) 2　(4) 4　(5) 4
(6) 3　(7) 2　(8) 1　(9) 4　(10) 1

問題 II

(1) 4　(2) 3　(3) 2　(4) 2　(5) 2
(6) 2　(7) 2　(8) 1　(9) 1　(10) 4

問題 III

(1) 2　(2) 1　(3) 3　(4) 1　(5) 2
(6) 1　(7) 1　(8) 3　(9) 2　(10) 1

▶読解　長文の総合問題

問題 I

問 1　3, 問 2　4, 問 3　2, 問 4　4,
問 5　2, 問 6　3, 5, 問 7　3

問題 II

問1 (1) 4 (2) 2 (3) 3

問2 (1) 4 (2) 2 (3) 3

問3 2 問4 2

問5 (1) 4 (2) 5 (3) 3

問題III

問1 ① 1 ② 3 ⑤ 4

問2 学者 3 被災者 1 問3 1

問4 2 問5 1 問6 4

問7 1

問題IV

問1 (1) 1 (2) 3 (3) 2

問2 (1) 1 (2) 4 (3) 2

問3 (1) 1 (2) 3 (3) 4 (4) 2

問題V

問1 (1) 3 (2) 1 (3) 4

問2 (1) 2 (2) 1 (3) 4 (4) 2

問3 (1) 3 (2) 4 (3) 1

問題VI

問1 2 問2 3 問3 2

問4 1 問5 3 問6 4

問7 3 問8 1 問9 1

問10 3

▶ **文法　適語の選択**

問題I

(1) 2 (2) 1 (3) 3 (4) 2 (5) 4

(6) 3 (7) 1 (8) 4 (9) 2 (10) 4

問題II

(1) 1 (2) 2 (3) 4 (4) 2 (5) 3

(6) 4 (7) 2 (8) 1 (9) 2 (10) 4

問題III

(1) 4 (2) 1 (3) 3 (4) 3 (5) 2

(6) 1 (7) 4 (8) 4 (9) 4 (10) 3

問題IV

(1) 2 (2) 1 (3) 4 (4) 4 (5) 3

(6) 1 (7) 3 (8) 1 (9) 2 (10) 1

▶ **文法　文完成問題**

問題I

(1) 1 (2) 2 (3) 3 (4) 4 (5) 2

(6) 2 (7) 3 (8) 4 (9) 4 (10) 2

問題II

(1) 3 (2) 1 (3) 4 (4) 3 (5) 4

(6) 2 (7) 1 (8) 4 (9) 1 (10) 3

問題III

(1) 3 (2) 4 (3) 2 (4) 1 (5) 1

(6) 4 (7) 4 (8) 3 (9) 1 (10) 2

1級模擬試験　配点

〈文字・語彙〉　100点満点

問題I	各1.5点×13問＝19.5点		
II	2	5	10
III	1.5	13	19.5
IV	2	5	10
V	1.5	14	21
VI	2	10	20

〈聴解〉　100点満点

問題I	各4点×10問＝40点		
II	4	7	28
III	4	8	32

〈読解・文法〉　200点満点

問題I	各4点×10問＝40点		
II	4	10	40
III	4	5	20
IV	4	25	100

1級模擬試験　正解

〈文字・語彙〉————————

問題 I

問 1　(1) 4　(2) 1　(3) 2

問 2　(1) 3　(2) 1　(3) 4　(4) 1

(5) 2　　問 3　(1) 3　(2) 2　(3) 1

(4) 1　(5) 4

問題 II

(1) 3　(2) 1　(3) 4　(4) 4　(5) 1

問題 III

問 1　(1) 2　(2) 2　(3) 1　(4) 2

問 2　(1) 2　(2) 1　(3) 1　(4) 3

(5) 1　　問 3　(1) 4　(2) 1　(3) 4

(4) 4

問題 IV

(1) 2　(2) 3　(3) 1　(4) 3　(5) 2

問題 V

(1) 4　(2) 2　(3) 3　(4) 4　(5) 2

(6) 1　(7) 4　(8) 2　(9) 1　(10) 3

(11) 4　(12) 4　(13) 1　(14) 4

問題 VI

(1) 3　(2) 2　(3) 4　(4) 4　(5) 1

(6) 2　(7) 3　(8) 3　(9) 2　(10) 1

〈聴解〉————————

問題 I

1番　4，　2番　3，　3番　2，

4番　2，　5番　3，　6番　3，

7番　4，　8番　4，　9番　2，

10番　2

〈読解・文法〉————————

問題 I

問 1　4，　問 2　1，　問 3　3，　問 4　4，

問 5　2，　問 6　2，　問 7　3，　問 8　1，

問 9　4，　問10　3

問題 II

問 1　3，　問 2　2，　問 3　4，　問 4　1，

問 5　3，　問 6　1，　問 7　4，　問 8　2，

問 9　3，　問10　2

問題 III

(1) 4　(2) 1　(3) 2　(4) 3　(5) 4

問題 IV

(1) 4　(2) 2　(3) 1　(4) 2　(5) 4

(6) 1　(7) 3　(8) 4　(9) 1　(10) 4

(11) 1　(12) 1　(13) 4　(14) 3　(15) 1

(16) 4　(17) 2　(18) 2　(19) 3　(20) 1

(21) 3　(22) 3　(23) 2　(24) 4　(25) 3

問題 II

1番　1，　2番　2，　3番　3，

4番　3，　5番　3，　6番　1，

7番　1

問題 III

1番　3，　2番　3，　3番　4，

4番　2，　5番　3，　6番　3，

7番　4，　8番　4

聴 解 問 題

第1回から第5回まで、日本語能力試験1級レベルの聴解練習問題です。
この内容は別売のカセットテープに収めてあります。

第 1 回

問題 I

　問題用紙を見てください。絵や図を見ながらテープを聞く問題です。まず、絵や図についての説明や会話があります。その後で質問します。質問に対する答を四つ言いますが、正しいものは一つだけです。正しい答は解答欄の上の数字をぬりつぶします。正しくない答は、下の数字をぬりつぶします。説明も質問も、一度しか言いません。

　まず最初に、例題を聞いてください。

例

　木の手入れについて話し合っています。

女：どの辺で切ればいいかしら。

男：芽はとらないようにしよう。花がいっぱい咲いたほうがいいから。

女：でも本には三分の二ぐらい切れって書いてあったわよ。

男：えっ、それじゃ芽が1つもなくなっちゃうじゃないか。

女：枝の長さじゃないわよ。全体で……、芽が多すぎると、いい花が咲かないから、1本の枝に2、3個でいいんですって。

男：でも……なんかもったいないな。

女：そうね。あと2、3個余分に残しておきましょうか。

男：そうしよう。

　二人はどこで枝を切ったでしょうか。

　　1．1番
　　2．2番
　　3．3番
　　4．4番

正しい答は「2」です。では、始めます。

1番

　二人がクロスワードパズルをしながら話をしています。

女：7の横は考える時、使うものですって。

男：考える時使うのは「脳」だろう。

女：でも3文字よ。

男：じゃ「頭脳」だ。

女：8のたてが……これ、「滝」じゃない？

男：うん、そうだね。

女：じゃ、さっきのちがっていたんだわ。

男：そうか。「あたま」だよ。

　5のたてにはなにが入るでしょう。

　　1．ようま（洋間）
　　2．ようそ（要素）
　　3．ようき（陽気）
　　4．よぼう（予防）

2番

　二人はAからBまでドライブする予定です。

女：2号線は景色がいいんですってね。

男：うん。でも山の中を通るから、坂やカーブが多くて大変なんだ。

女：そう。じゃ、やっぱり1号線？

男：1号線は距離は短かいけど、いつもすごくこむんだ。3号線が一番早いと思うよ。日曜日は少しこむけど、平日だから大丈夫だろう。でも景色はよくないな。そうだなあ。海ぞいに行けば景色はまあまあだな。

8

女：そうねえ。でもずいぶん遠まわりね……。
　　早く行ってむこうでゆっくりすることに
　　しましょうよ。
男：うん、そうしよう。

　　二人はどの道を通ることにしましたか。
　　　1．1号線
　　　2．2号線
　　　3．3号線
　　　4．4号線

3番
　　夫婦が、家の広告を見ながら、話してい
ます。
夫：こりゃモダンでいいね。
妻：ちょっと洋風すぎない？　なんだかオフ
　　ィスみたいね。わたしはもっと和風のほ
　　うが好きよ。
夫：じゃ、こっちは!?
妻：それならこっちのほうがいいわ。あまり
　　でこぼこしていると修理が大変だもん。
夫：それもそうだね。じゃ、これだな。

　　二人はどの家を選びましたか。
　　　1．1番の家
　　　2．2番の家
　　　3．3番の家
　　　4．4番の家

4番
　　男の人と女の人が、カレンダーを見ながら
話しています。
女：これが見やすいんじゃない。数字が大き
　　くて一目でわかるわ。
男：何か、うるおいがないんだよね。こうい
　　うのって。
女：何言ってるのよ。職場にかけるのよ。
男：だからこそ、こういうすばらしい景色や
　　アイドル歌手のでもかざって仕事の能率
　　をあげなくちゃ。
女：こんなのじゃ、数字がわからないじゃな

い。
男：せめてこれくらいならいいだろ。これで
　　能率も上がるし、楽しめるし。
女：ま、いいでしょ。

　　二人はどのカレンダーを選びましたか。
　　　1．1番のカレンダー
　　　2．2番のカレンダー
　　　3．3番のカレンダー
　　　4．4番のカレンダー

問題Ⅱ

　　次の会話を聞いてください。その後で文を
四つ言います。会話の内容に合っているもの
を一つ選んでください。正しい答は、解答欄
の上の数字をぬりつぶします。正しくない答
は、下の数字をぬりつぶします。問題は一度
しか言いませんから、注意して聞いてくださ
い。
　　まず、例題を聞いてみましょう。

例
女：鈴木さん、あの報告書のことなんだけど
　　…
男：報告書って？
女：きのうの会議のよ。
男：いけない！

　　　1．男の人は報告書のことを知らなかっ
　　　　　た。
　　　2．男の人は報告書のことを忘れていた。
　　　3．男の人は報告書のことを覚えていた。
　　　4．男の人は報告書のことがわからない。
　　正しい答は「2」です。では、始めます。

1番
女：あ、中村さん。きのう井上先生にお会い
　　したわ。
男：そう。
女：先生、文句言ってらしたわよ。中村さん
　　たら手紙もよこさないって…

9

1．男の人は先生に時々手紙を書くが、
　　　　あまり会わない。
　　2．男の人は先生にあまり手紙を書かな
　　　　いが、時々会う。
　　3．男の人は先生にほとんど手紙を書か
　　　　ないし、会わない。
　　4．最近、男の人は先生に手紙を書かず
　　　　に、会いに行った。

2番

女：こちらに岡田さんとおっしゃる方、おい
　　ででしょうか。
男：岡田は私(わたくし)でございますが、あなた様は？
女：あ、失礼いたしました。はじめまして、
　　私、東京出版の山本と申します。
男：どんなご用件で……

　　1．男の人は女の人を思い出した。
　　2．男の人は女の人を知らない。
　　3．男の人は女の人の名前を聞いたこと
　　　　がある。
　　4．男の人は女の人に会ったことがある。

3番

男(客)：どこかいいところありませんかねえ。
女(旅行社)：では、こちらなんかいかがです
　　　　か。
男：えっ、ここ。うーん、ちょっとねえ。
女：お値段も手ごろだし、お勧めですよ。
男：安いにこしたことはないけど、ここ、露
　　天ぶろがないみたいじゃない。それじゃ
　　ね……

　　1．男の人は値段が一番大事だと思って
　　　　いる。
　　2．男の人は値段が高すぎると思ってい
　　　　る。
　　3．男の人は値段はまったく関係ないと
　　　　思っている。
　　4．男の人は値段だけにこだわっていな
　　　　い。

4番

男(社員)：じゃね、きょうはそっちでつづき
　　　　をやってよ。
女(若いアルバイト)：あっこっちですか。何
　　　　をやればいいんですか。
男：きのう言ったでしょ。何度も言わせない
　　でよ。

　　1．女の人はきのうは話だけきいた。
　　2．女の人はきのうも仕事をした。
　　3．女の人は何度も話をきいた。
　　4．女の人はきのうは何もしなかった。

問題Ⅲ

　　次の会話を聞いてください。その後で質問
をします。それからその答を四つ言いますか
ら、正しいものを一つ選んでください。正し
い答は、解答欄の上の数字をぬりつぶします。
正しくない答は、下の数字をぬりつぶします。
会話や質問などは、繰り返しません。
　　最初に例題を聞いてみます。

例

女：こんな大変な時に、よく平然としていら
　　れるわね。
男：平然としているわけじゃないよ。あわて
　　るとろくなことないから、落ちつこうと
　　努力しているんじゃないか。

　　男の人はどんなふうに見えましたか。
　　1．あわてているように見えた。
　　2．怒っているように見えた。
　　3．落ち着いているように見えた。
　　4．楽しそうに見えた。
　　正しい答は「3」です。では、始めます。

1番

男：先生、何かもう少しやさしく書いてある
　　本、ないでしょうか。
女：そうですねえ。この本、知っていますか。

男：あ、これ。一通り読んでみたんですが、まだわからない所が多くて……

男の人はこの本を読みましたか。
1．ざっと読んだ。
2．やさしそうな所だけ読んだ。
3．最初の部分だけ読んだ。
4．何回もくり返し読んだ。

2番

女：山川さん、次の市長はだれになると思う？
男：さあ、吉田さんがなるっていう話もあるけど、さだかじゃないなあ。

男の人は次の市長はだれになると思っていますか。
1．吉田さんがなると思っている。
2．吉田さんはならないと思っている。
3．吉田さんになってもらいたいと思っている。
4．まだ、よくわからない。

3番

女：山下さんって、礼儀正しいし、部長のお気に入りですね。
男：そうだね。でも僕は、部長に気に入られようという感じが見え隠れしてて、ちょっといやだな。

男の人は、どうしてちょっといやなのですか。
1．礼儀正しいから。
2．部長のお気に入りだから。
3．部長になるから。
4．部長に気に入られようとしているのが、ときどきわかるから。

4番

女：この際、主任にははっきり言ったほうがいいと思いませんか。
男：どうかなあ。ああいうタイプの人はそん

なことすると、ますますひどくなりかねないからね。

男の人は、主任はどうなると言っていますか。
1．今よりひどくなる。
2．今よりひどくなる可能性がある。
3．今よりひどくならない。
4．今よりひどくなるかどうかわからない。

問題Ⅳ

この問題はメモをとってもかまいません。はじめに質問があります。次に会話または話があります。その後で質問の答を四つ言いますから、正しいものを一つ選んでください。正しい答は、解答欄の上の数字をぬりつぶします。正しくない答は、解答欄の下の数字をぬりつぶします。問題は繰り返しませんから、よく聞いてください。
まず、例題を聞いてみます。

例

どんなことに怒りを感じている人が多いですか。

先日、ある映画会社が「あなたはだれに『バカヤロー』と叫びたいですか」というアンケートをとりました。それによると「化粧している自分の息子」「負けてばかりいるプロ野球チーム」「物価高」「自分自身」など、さまざまな答えがありましたが、その中で特に目についたのは政治に対するいらだちです。「うそをつく」「私腹をこやしている」など政治家に不信感を抱いている人が少なくありません。

1．物価の上昇
2．うそをつく人
3．化粧をしている男性
4．政治家
正しい答えは「4」です。では、始めます。

1番

このカウンセリングの方法はどうだと言っていますか。

精神科のカウンセリングの方法にフムフム療法というものがあります。これは患者の話をじっと聞き「フムフム」とか「それで」とか相手の話を促す以外のことを言わないのが原則です。一見簡単そうに思えるでしょうが、患者は医者から答えを聞きたくてやって来るのです。それに何も答えず、患者にだけ話をさせるというのは並大抵のことではありません。

1．非常に効果的である。
2．あまり効果的ではない。
3．むずかしい。
4．簡単である。

2番

物体の温度が0度以下のとき、何ができると言っていますか。

空気中の水蒸気は地上の冷たい物体にふれると水になり、これを露と言っています。この場合、物体の温度が0度以下のとき、水蒸気は水つまり露にはならず、霜というものになるのです。これは農作物に被害を与えることもあります。

1．水蒸気
2．露
3．霜
4．水

3番

居心地のいい部屋の条件について、どんなことを言っていますか。

居心地のいい部屋に欠かせないものっていうと、どんなものを思い起こしますか。そうやはり家具でしょうか。その部屋の雰囲気にあった家具はわたしたちに安らぎを与えてくれます。しかし、それだけでは物足りない。

いい音楽とかいい香りとか、そういったものが、ぜひほしいわけです。特に日本古来のお香など、落ち着いた香りがあれば、わたしたちは心からリラックスできます。そしてその部屋にいることを楽しめるようになります。

1．豪華な家具が欠かせない。
2．いい香りはリラックスした雰囲気をつくる。
3．家具と音楽が良ければ十分である。
4．日本的な部屋は居心地がいい。

4番

この人が謝る理由はどれですか。

仕事というのは、負けちゃいけないんです。相撲のように15回あるなら、八勝七敗より、一勝十四引分けのほうがいい。負けると必ずやる気がなくなるし、だれかが責任を問われる。だから負ける戦いはしちゃいけない。

負けそうになったら、謝りに行く。謝りに行くのは、勇気があるからで、次にがんばろうということなんですよ。本当に謝るほうが勇気がいるんです。

1．負けるのが、こわいから。
2．やる気がないから。
3．責任を問われるから。
4．次にがんばりたいから。

第 2 回

問題 I

　問題用紙を見てください。絵や図を見ながらテープを聞く問題です。まず、絵や図についての説明や会話があります。その後で質問をします。質問に対する答を四つ言いますが、正しいものは一つだけです。正しい答は解答欄の上の数字をぬりつぶします。正しくない答は、下の数字をぬりつぶします。説明も質問も、一度しか言いません。

　まず最初に、例題を聞いてください。

例

男：いいねえ。湖のそばの白いホテルか…。

女：うん、きれいなところよ。遠くに山並が見えて。

男：残念ながらくもってるね。

女：ええ、でも十分見えたわ。

　男の人と女の人が写真を見ながら、話しているところです。女の人が旅先で写した写真はどれですか。

　　1．1番の写真
　　2．2番の写真
　　3．3番の写真
　　4．4番の写真

　正しい答は「3」です。では、始めます。

1番

女：へんな設計ね。

男：しかたがないじゃないか。土地が細長いんだから。

女：でも、もう少しどうにかならないの？　居間をまん中にもってきて廊下を短くするとか……

男：そうしたら日当たりが悪くなっちゃうんだよ。居間はぜったい南向きがいいって言ったのはきみだろう。

女：ええ……でも、せめて台所と居間は隣どうしにしてよ。これじゃ、たまらないわ。

　男の人が設計した家はどれですか。

　　1．1番の家
　　2．2番の家
　　3．3番の家
　　4．4番の家

2番

男：もしもし山本です。すいません、おそくなりまして。じつは道に迷ってしまいまして……今ですか。公園の中の電話ボックスです。……えーと、向かい側に喫茶店があります。……名前は……ちょっとわかりません。……ええ、広い道です。4車線の……交差点ですか。ここからは見えませんね。……ええ、通っているようですよ。角にバス停がありましたから。

　男の人は公衆電話から電話をかけていますが、今どの電話ボックスにいますか。

　　1．1番の電話ボックス
　　2．2番の電話ボックス
　　3．3番の電話ボックス
　　4．4番の電話ボックス

3番

女：田中さん、これ運動会の時の写真？

男：そうそう。

女：ふうん、田中さん、この倒れている人でしょ。

男：違うよ。それは坂口っていう、僕の友だち。

女：そう。小さくてよくわからないわ。テープを切ろうとしている人は似ているけど……

男：それは山本っていうの、僕を抜こうとしているのが吉岡、知ってるでしょう。

女：あ、じゃ、これか。

男：そうだよ。

13

田中さんはどの人ですか。
1. 1番の人
2. 2番の人
3. 3番の人
4. 4番の人

4番

　まず絵を見てください。男の人は今日のパーティーに、何を着て、何を持っていくか考えています。

女：今日のパーティー、何着ていくの？

男：そうだなあ。

女：ちゃんとしたパーティーなんだから、やっぱり黒の背広と白いネクタイじゃない。

男：でも、雨が降っているからな。赤いしまのネクタイは。

女：黒と赤じゃ、合わないんじゃない。

男：じゃ、その青いネクタイでいいよ。それと、チェックのハンカチと。

女：傘(かさ)は？

男：近くだから、その安い青い傘でいいよ。

　背広とネクタイと傘はどんな色ですか。
1. 「イ」と「ケ」と「シ」
2. 「ア」と「ケ」と「セ」
3. 「イ」と「ケ」と「セ」
4. 「ア」と「カ」と「サ」

問題 II

　次の会話を聞いてください。その後で文を四つ言います。会話の内容に合っているものを一つ選んでください。正しい答は、解答欄の上の数字をぬりつぶします。正しくない答は、下の数字をぬりつぶします。問題は一度しか言いませんから、注意して聞いてください。

　まず、例題を聞いてみましょう。

例

女：山田さんも西川さんも行くって言ってい

るのよ。わたしだって行きたいわ。

男：そんなに行きたければ、勝手に行けばいいだろう。

1. 男の人は女の人が行ったほうがいいと思っている。
2. 男の人は女の人が行かなければならないと思っている。
3. 男の人は女の人を行かせることができない。
4. 男の人は女の人を行かせたくない。

　正しい答は「4」です。では、始めます。

1番

女：あ、これはね、こうすれば簡単にできるのよ。

男：やっちゃってから、教えてくれたって、どうしようもないよ。

1. 男の人はやり方を知らなかったので、うまくできなかった。
2. 男の人はやり方を知らなかったが、うまくできた。
3. 男の人はやり方を知らなかったので、やらなかった。
4. 男の人はやり方を知らなかったので、女の人にきいた。

2番

男：あ、吉田さんじゃありませんか。

女：あ、木村さん。どうも。

男：先日は、お世話になりまして、お礼をしなければと思いつつ、ついついごぶさたしてしまいまして。

女：いいえ、こちらこそ。

1. 男の人と女の人は、初めて会った。
2. 男の人と女の人は、きのう会った。
3. 男の人と女の人は、ひさしぶりに会った。
4. 男の人と女の人は、定期的によく会

っている。

3番

女：じゃ、ちょっと一息入れて、食事にしましょうか。

男：いや、まだこんなに仕事が残っているんだから、一息入れるどころじゃないよ。

女：そうですか。もう7時なのに。

　　1．男の人はまだ食べたくないと思っている。

　　2．男の人は食べるところがないと思っている。

　　3．男の人はいそがしいので、食べに行けないと思っている。

　　4．男の人は食べに行こうと思っている。

4番

女：どうしたの。きょうは小野さんに12時までに来るように言われてたのに……。

男：えっ、2時までに来いって言ってたんじゃなかったの。なあんだ、ゆっくり昼ごはんを食べてたよ。

　　1．男の人は昼ごはんを食べていておそくなった。

　　2．男の人は12時に来てしまった。

　　3．男の人は時間を聞きまちがえた。

　　4．男の人は時計を見まちがえた。

問題Ⅲ

　次の会話を聞いてください。その後で質問をします。それからその答を四つ言いますから、正しいものを一つ選んでください。正しい答は、解答欄の上の数字をぬりつぶします。正しくない答は、下の数字をぬりつぶします。会話や質問などは、繰り返しません。

　　最初に例題を聞いてみます。

例

女：部長、今度の仕事の件ですが、山田

さんなんか、いかがでしょう。

男：山田君か。可もなく不可もなくってところかな。よく言えば積極的、悪く言えばでしゃばりだからね。

　　部長は山田君に仕事を頼むことにしましたか。

　　1．山田君に頼むことにした。

　　2．山田君に頼まないことにした。

　　3．山田君に頼みたいが、ちょっとむりだと思っている。

　　4．まだ、わからない。

　正しい答は「4」です。では、始めます。

1番

女：新しい仕事、どう？

男：うん、大変なことは大変なんだけど、将来性がないこともないし。

　　男の人は新しい仕事をどう思っていますか。

　　1．将来性があるので続けたい。

　　2．大変なので、続けるかどうかわからない。

　　3．大変なのでやめたい。

　　4．まだ、わからない。

2番

女：この前のテスト、1番だったんですって？すごいわねえ。

男：へへ……ないしょだよ。実はね……

女：えっ、カンニング？　あなたがそんなことをする人だなんて思ってもみなかったわ。

　　女の人は男の人をどんな人だと思っていましたか。

　　1．ずるい人だと思っていた。

　　2．頭のいい人だと思っていた。

　　3．まじめな人だと思っていた。

　　4．要領のいい人だと思っていた。

3番

男：それ着ていくの？　もっとましなのない
　　のかい。

女：あら、これ3万円もしたのよ。

男：高けりゃいいってもんじゃないだろう。

　　男の人は女の人の服がどうだと言っていま
　すか。
　　1．値段だけの価値はある。
　　2．値段よりずっとよく見える。
　　3．値段の割に、よくない。
　　4．値段の割には、まあまあだ。

4番

A：それじゃぁ、困るんですよ。期日までに
　　きちんと直してくれないと。

B（お店の人）：申し訳ございません。さっそ
　　く伺いまして直させていただきますので。

A：さっそくって、きょうなんですか。

B：ですから、その、つごうがつきしだいす
　　ぐ……。

　　お店の人はいつ来ますか。
　　1．今すぐ来る。
　　2．きょう来る。
　　3．まだ決まっていない。
　　4．来ないかもしれない。

問題IV

　　この問題はメモをとってもかまいません。
はじめに質問があります。次に会話または話
があります。その後で質問の答を四つ言いま
すから、正しいものを一つ選んでください。
正しい答は、解答欄の上の数字をぬりつぶし
ます。正しくない答は、解答欄の下の数字を
ぬりつぶします。問題は繰り返しませんから、
よく聞いてください。
　　まず、例題を聞いてみます。

例

　　風呂敷のどんなところがいいと言っていま
すか。

　　紙袋や箱の場合、中身をとり出したりする
ほんの一瞬ですべてが見えてしまうわけです。
でも、一枚の布でできている風呂敷は、まず
結び目をとき、一つ一つを静かにゆっくりと
開けていくにしたがって、少しずつ中身が見
えてくるんです。見ている方はその間に気持
ちが高まり、中身を見た時の喜びが、さらに
大きくなるのです。

　　1．一瞬ですべてが見えるところ。
　　2．一枚の布でできているところ。
　　3．見えるまでに時間がかかるところ。
　　4．静かに開いていくところ。
　　正しい答えは「3」です。では、始めます。

1番

　　紙が使われるのはどうしてでしょうか。

　　ご存知のように科学が進むと紙はいらなく
なる、紙を使わない社会がくるだろうと言わ
れていました。ところが一方では、これをま
すます必要とする傾向も進んでいます。これ
は事務などの合理化が進んでも人の目で確か
めるという習慣がなくならない限りは、同時
に紙も使われつづけるということでしょうか。
　　情報化社会では情報の処理そのものは合理
化されますが、情報の分量がケタ違いに多く
なります。そうなると必要な情報が紙に印刷
されていて、いつでも見られるという状態も
ますます必要になってくるだろうと思われま
す。

　　1．科学が進んだため。
　　2．情報量が増えたため。
　　3．事務などの合理化が進んだため。
　　4．目で確かめる習慣がなくならないた
　　　め。

2番

　　新しいマンションのいい点は何だと言って
いますか。

今までは高齢者住宅というと、暗いイメージがありました。利用者としても老人だけが隔離されている所は避けたいし、最も心配な健康面での配慮がほしいわけです。ここでは看護婦も常時待機しています。そしてホテル並みに美しく完備されたマンションで快適な生活が送れるのです。

1. 老人だけ住める。
2. 病院がそばにある。
3. ホテルと同じである。
4. 健康面での配慮がある。

3番

大きな仕事をするためにはどんなことが必要だと言っていますか。

現代は労働時間も休日も決まっていて、私たちは時間を売って暮らしています。しかし昔はまったくちがっていました。江戸時代のある役人は決められた仕事はまったくせずオランダ語の本の翻訳に没頭しました。上司もそれをとがめませんでした。毎日の仕事とは別に、長い時間をかけてやる仕事もこの世にはあるという考えがあったからです。彼の残した業績はすばらしいものです。今の社会でこのような大きな仕事をしよう思っても、おそらく経済的にやっていけないでしょう。これで果たして江戸時代より豊かになったと言えるのでしょうか。

1. きちんと決まった労働時間と休日
2. 自由に仕事のできる環境
3. 規則正しく仕事をする習慣
4. 物質的豊かさ

4番

どんなものを非常食に選べと言っていますか。

地震や台風などの災害に備えて、非常用の食料を用意する家庭がふえています。きょうは非常用の食料を選ぶ場合の注意点をお話し

たいと思います。

まず第一に災害が起きた場合にはガスも電気も使えないおそれがあります。ですから、あたためなくても食べられるということが大切です。たとえばシチューの缶詰。あたためて食べれば、栄養もありますし、とてもおいしいのですが、冷たいと油がかたまって、ちょっと食べにくいですね。

それから飲み水が少ないということもありますから、塩辛いものを避けることも大切です。のどがかわくのはつらいですからね。

1. 塩気が少なくて、冷たくても食べられるもの。
2. 栄養があって、あたためて食べるもの。
3. シチューの缶詰のように、栄養があるもの。
4. 栄養があって、塩気があるもの。

第 3 回

問題 I

　問題用紙を見てください。絵や図を見ながらテープを聞く問題です。まず、絵や図についての説明や会話があります。その後で質問をします。質問に対する答を四つ言いますが、正しいものは一つだけです。正しい答は、解答欄の上の数字をぬりつぶします。正しくない答は、下の数字をぬりつぶします。説明も質問も、一度しか言いません。

　まず最初に、例題を聞いてください。

例

　梅雨(つゆ)も終わりに近づき、梅雨前線(ばいう)は日本列島をはさんで、北へ上がったり南へ下がったりしています。きょうは北西から低気圧が近づいてきた影響(えいきょう)で、前線は南へ下がり、また前線の東にも低気圧があるため、全国的に曇りまたは雨となるでしょう。

　きょうの天気図はどれですか。
　　1．1番の天気図
　　2．2番の天気図
　　3．3番の天気図
　　4．4番の天気図
　正しい答は「3」です。では、始めます。

1番

女：この料理に使うスパイスは…、えーと、コショウとナツメグだけね。両方ともあったと思うけど見てくれない。

男：ナツメグはこれかな。

女：あ、そう。コショウはその右の四角いびん。入っているかしら。

男：うん、だいじょうぶだ。

　この料理に使うのは、どれとどれですか。
　　1．1番と2番
　　2．2番と3番

　　3．3番と4番
　　4．1番と3番

2番

女：本の背っていうのは、意外に大事なのよ。ほら、厚い本にこういう背はだめ。

男：ほんとだ、本がよく開かないや。これだったら、よく開いて読みやすいね。

女：でも、その形は、伏せて置くと、本の背中の文字がだめになりやすいのよ。この表紙と中身の背が離れているのがいいの。

男：へえ、ちょっとつぶれやすそうだけどね。

　女の人は、どの形がいいと言いましたか。
　　1．1番の形
　　2．2番の形
　　3．3番の形
　　4．4番の形

3番

男：株を買いたいんですがね。どれがいいかな。

女：これなどいかがでしょうか。価格が安定していて、安全です。

男：いや、冒険(ぼうけん)してみたいんですよ。これは？

女：ええ、そうですね。これまでは伸びる一方だったんですが、来月あたりから、下がってくるのではないと…。

男：うーん、そうか。じゃ、こっちだね。

女：これはあまりお勧めできませんが。

男：安定してないってことでしょ。大丈夫ですよ。今は上がってきてるから。

　男の人はどの株を買いますか。
　　1．1番の株
　　2．2番の株
　　3．3番の株
　　4．4番の株

4番

グラフを見ながら会話を聞いてください。

女：ちょっとおもしろいアンケートがあった
　んだけど。妻と夫がけんかした時、夫が
　折れる、まあ、つまり、謝っちゃうって
　答えた人、どのぐらいいたと思う？
男：そうだなあ。せいぜい10パーセントぐら
　いかなあ。
女：残念でした。その倍。
男：そんなに。最近の女は強いからなあ。
女：あら、10年前だって17パーセント近くい
　たんですってよ。それに妻が折れるって
　言った人のほうが5パーセントも多いん
　だから。まだまだ男性のほうが、いばっ
　ているっていうことになるんじゃない。
男：ところで、残りの50何パーセントかの人
　たち、どうしているのかなあ。

　次の四つのうち、正しいものはどれですか。
　1．今年のデータでは、夫が折れると答
　　えた人は17パーセントいる。
　2．今年のデータでは、夫が折れると答
　　えた人は19パーセントいる。
　3．今年のデータでは、夫が折れると答
　　えた人は24パーセントいる。
　4．今年のデータでは、夫が折れると答
　　えた人は36パーセントいる。

問題II

　次の会話を聞いてください。その後で文を
四つ言います。会話の内容に合っているもの
を一つ選んでください。正しい答は、解答欄
の上の数字をぬりつぶします。正しくない答
は、下の数字をぬりつぶします。問題は一度
しか言いませんから、注意して聞いてくださ
い。
　まず、例題を聞いてみましょう。
例
男：じゃあ、ぼくが行ってこようか。
女：そうしてくれると助かるんだけど。
男：ちぇっ、そうやってかわい子ぶるのがう

まいんだから。

　1．女の人は男の人に行ってほしい。
　2．女の人は男の人を助けたい。
　3．女の人は男の人に来てほしい。
　4．女の人は男の人よりかわいい。
　正しい答は「1」です。では、始めます。

1番
女：あの、ここではタバコはちょっと…。
男：え、吸っちゃいけないんですか。
女：いえ、そういうわけではないんですが、
　一般的に、こういう所では遠慮していた
　だきたいんですが。
男：へえ、いろいろ厳しいんですね。

　1．男の人は禁煙の規則を知らなかった。
　2．男の人は禁煙の規則を知っていた。
　3．男の人はマナーを知らなかった。
　4．男の人はマナーを知っていた。

2番
男(店員)：申し訳ございません。あすまでお
　　待ちいただくことになりますが…。
女：えっ、あっ、そうなんですか。たしか、
　きょうできるって。
男：はい、きょうまでにできることになって
　いたんですが、手違いがございまして…。

　1．きょうまでにできる予定であった。
　2．きょうできる予定ではなかった。
　3．きのうまでにできる予定だった。
　4．あしたまでにできる予定だった。

3番
男：やるだけのことをやって失敗したってい
　うんなら、しかたないんですがね。
女：わたしとしましては、精いっぱい…。
男：精いっぱい？　やってもみないで何が精
　いっぱいですか。

　1．男の人は女の人がよけいなことをし

たので怒っている。

2．男の人は女の人が勝手なことをした
ので怒っている。

3．男の人は女の人がやるべきことをし
ていないので怒っている。

4．男の人は女の人が失敗したので怒っ
ている。

4番

女：どうでしたか、家族旅行は。

男：いや、それが子どもの友だちまでつれて
ったんで、旅行どころじゃなかったんで
すよ。

1．旅行は子どもの世話で大変だった。

2．旅行は家族で行った。

3．旅行するところがなかった。

4．旅行へは行かなかった。

問題Ⅲ

次の会話を聞いてください。その後で質問
をします。それからその答を四つ言いますか
ら、正しいものを一つ選んでください。正し
い答は、解答欄の上の数字をぬりつぶします。
正しくない答は、下の数字をぬりつぶします。
会話や質問などは、繰り返しません。

最初に例題を聞いてみます。

例

男：あすの講演会のことなんですが、よろし
ければ吉田さんもいらっしゃいませんか。

女：せっかくの機会ですから行かせていただ
きたいんですが、今回は遠慮させていた
だきます。

女の人はどうすることにしましたか。

1．講演会の誘いを断った。

2．講演会に行くことにした。

3．講演会に行こうかどうしようか迷っ
ている。

4．この話だけではわからない。

正しい答は「1」です。では、始めます。

1番

女：この本、先生から勧められたんだけど読
んだことある？

男：うん。かなり読みごたえのある本だよ。

女：そう。

男の人はこの本についてどう思っていますか。

1．読んだほうがいいと思っている。

2．読まないほうがいいと思っている。

3．判断できないと思っている。

4．読まなくてもいいと思っている。

2番

男：それで、あしたまでに10万円用意しなく
ちゃならないんだ。

女：10万円？…山田さんに貸してもらえない
か頼んでみましょうか。

男：山田？　彼に頼んだところで、どうにも
ならないよ。

女：そうねえ。

二人はどうすることにしましたか。

1．女の人が山田さんにお金を借りに行
くことにした。

2．男の人は山田さんにお金を貸すこと
にした。

3．女の人は男の人にお金を貸すことに
した。

4．二人はどうすればいいかわからない。

3番

男：だけどこれ、ぼくみたいな中年でもすぐ
使えるようになるのかね。

女：ええ、大丈夫ですよ。かなりご年配の方
にでも楽にのみこめます。複雑な操作は
何もないんですから。

男：じゃ、だまされたと思って試してみるか。

男の人は、女の人の話をどう思っていますか。

　　1．全面的に信じている。
　　2．全く信じていない。
　　3．少し信じている。
　　4．だますのはやめてほしい。

4番

女：この絵、だれかに似てない？

男：クク……、この目、大きくて意地の悪そうなとこ、部長にそっくりだよ。

女：あ、そういえばそうね。でも部長にしてはスマートすぎるわよ。

　部長はどんな人ですか。

　　1．やせた、親切な人
　　2．ふとった、意地悪な人
　　3．目の大きい、やせた人
　　4．目付きの悪い、スマートな人

問題Ⅳ

　この問題はメモをとってもかまいません。はじめに質問があります。次に会話または話があります。その後で質問の答を四つ言いますから、正しいものを一つ選んでください。正しい答は、解答欄の上の数字をぬりつぶします。正しくない答は、解答欄の下の数字をぬりつぶします。問題は繰り返しませんから、よく聞いてください。

　まず、例題を聞いてみます。

例

　9月入社制度が増えてきたのはどうしてだと言っていますか。

　最近、9月入社制度を売り物にする企業が増えています。普通は、3月卒業、4月入社となるところですが、6カ月程度の「自己研修期間（じこけんしゅうきかん）」というのを設けて、9月入社を認めるという制度です。これは特に短大や専門学校の生徒が対象になっています。というのも、

彼らは4年制大学に比べて学生生活が短いので、卒業後もまだ短期の留学をしたい、という希望を持っている人が多いのです。企業の方も、少しぐらい入社が遅れても、自分の費用で留学してもらって視野が広がれば大いにけっこうというわけです。

　　1．企業の研修を受けさせたいから。
　　2．9月卒業が増えてきたから。
　　3．企業のお金で留学させたいから。
　　4．短期間でも留学したことがある人を
　　　　受け入れたいから。

　正しい答えは「4」です。では、始めます。

1番

　偉大な人はなぜ偉大だと言っていますか。

　偉大な人物の陰には必ずわきを支える人たちがいます。偉大なのは、むしろ主役より、その陰にいる人たちなのかもしれません。いやしかし、主役もまた、陰の人たちの能力を生かす場を与えたという意味で、やはり偉大なのでしょう。

　　1．ほかの人の能力を生かしたから。
　　2．ほかの人が偉大だったから。
　　3．支えてくれる人がいたから。
　　4．自分の能力を生かしたから。

2番

　黄色のレインコートはどうだと言っていますか。

　車を運転する者の立場から申しあげますと、暗い色の服というのは目立ちにくく、特に雨の日や、夕方暗くなってからは、すぐ近くに行くまで人がいることに気づかない、というようなこともございます。ですから、交通安全の面からだけ言えば、「皆さん、レインコートは黄色に！」と申しあげたいのですが、まあ、それは無理でしょうから、少なくともお子さんのレインコートをお選びになるときは、ファッションよりも安全を考えて、明るい色

を選んであげてほしいものです。

1．子どもには似合わない。
2．目立って安全だから、みんな着るべきだ。
3．目立つのでかっこうが悪い。
4．目立つので子ども用にいい。

3番

どんな水がおいしいと言っていますか。

水温は、水をおいしくする大切な条件の一つだと言っていいですね。水温が高いとさまざまなにおいが発生しやすくなるので、味が落ちる。かと言って、あまり温度が低すぎると今度は舌がしびれてしまって、味がわからなくなってしまうんです。低温の水、つまり体温より20度から25度くらい低い10度前後の水は、味覚(みかく)が鈍(にぶ)るのでいやなにおいや味もなくなり、清涼感(せいりょうかん)もあるわけです。夏の水道水でも、それぐらいの温度まで冷やせば、けっこうおいしく飲めますよ。

1．温度の高い水
2．氷の手前ぐらいの温度の水
3．10度前後の水
4．水道水

4番

新しいものを生み出すには、どんなことが必要だと言っていますか。

イギリスは世界で最も独創性(どくそうせい)、つまり新しいものを生み出す力に富んだ国だと言われています。たとえばニュートンの万有引力の法則、身近な例ではミニスカートだってその一つです。どうしてなのか。その問いにあるイギリス人新聞記者はこう答えました。「イギリス人はなまけ者だから、考える時間が多いのだろう。」今の日本の社会は、たしかに活気にあふれていますが、独創性という点から見ると、ちょっとさびしい気がします。時には休んで、ゆっくり物を考えるゆとりを持ちたい

ものです。

1．なまけものになること
2．物を考えるゆとりをもつこと
3．活気にあふれた社会
4．長い休暇

第 4 回

問題Ⅰ

　問題用紙を見てください。絵や図を見ながらテープを聞く問題です。まず、絵や図についての説明や会話があります。その後で質問をします。質問に対する答を四つ言いますが、正しいものは一つだけです。正しい答は解答欄の上の数字をぬりつぶします。正しくない答は、下の数字をぬりつぶします。説明も質問も、一度しか言いません。

　まず最初に、例題を聞いてください。

例

　男の人と女の人が家具を選んでいます。

男：棚は、どれがいいかな。

女：2つ必要ね。ステレオのとなりに置くのと、本を入れるの。

男：ステレオの横はこれがいいんじゃない。幅が狭いから、これだったら入るだろう。

女：でも黒いステレオのとなりでしょう。色が合わないんじゃない。

男：じゃ、これかな。同じ色だし。もう一つはこれ。

女：大きすぎるわよ。

男：だいじょうぶだよ。これからたくさん本を買うから。

女：部屋が狭くなるのはいやだわ。

男：じゃ、ちょっとがまんして、これかな。

女：それでも大きいと思うけど…。厚みがないから、いいか。

　2人はどれを買いますか。

　　1．1番と3番

　　2．2番と3番

　　3．2番と4番

　　4．1番と4番

　正しい答は「3」です。では、始めます。

1番

　女の人は、男の人のノートを見ながら話しています。

女：この字、なんて読むの？

男：どれ？　あ、これ、「国」のつもり。

女：クニ？　略して書くんだったら、点はいらないのよ。

男：うん、でも点をつけないと「口」と区別がつきにくいから。

女：「口」は小さく、「国」は大きく書けばいいのよ。

男：いいじゃないか。僕のノートだもん。

　男の人のノートにあったのはどの字ですか。

　　1．1番の字

　　2．2番の字

　　3．3番の字

　　4．4番の字

2番

　帽子のかぶり方について話しています。

女：そんなに深くかぶっちゃ、おかしいわよ。

男：じゃ、こうか。

女：やだ、そんなに後ろじゃ、子どもみたい。こうやって、斜めにするとおしゃれよ。ほら。

男：やめてくれ。きざったらしい。ほら、こうやって何気なくかぶるのがいいんだよ。

　男の人は、どのように帽子をかぶりますか。

　　1．1番のかぶり方

　　2．2番のかぶり方

　　3．3番のかぶり方

　　4．4番のかぶり方

3番

　車が止まるまでに必要な距離について話しています。

　障害物を見つけてから実際にブレーキを踏み始めるまでの間に走る距離を「空走距離」といいます。ブレーキがきき始めてから停止

するまでを「制動距離」といいます。このグラフでは、白い部分が空走距離、黒い部分が制動距離です。実際に車が止まるまでには、この2つを合わせた距離が必要になるわけです。また、雨で道がぬれていたりすると、この数字の2倍もの距離を必要とします。

雨の日、時速40キロメートルで走っている車は、ブレーキを踏んでから止まるまでに、何メートル走りますか。
1．11メートル
2．22メートル
3．44メートル
4．76メートル

4番
この表は、日本、中国、アメリカの労働者の仕事観、人生観に対するアンケートの結果です。テープを聞いて、どの線がどの国かを考えてください。

先日の調査により、日本、中国、アメリカの仕事観、人生観の違いが明らかになりました。これによると、生活の中で、最も大きな意味を持つものは何かという質問に対して、アメリカ、中国の労働者は、共に、家族という答えが仕事の2倍以上、これに対して、日本では、家庭と仕事の差はわずかで、人生における仕事の重みは、まだまだ大きいことを裏付けました。詳しく見ていきますと、アメリカの労働者で、家庭をあげたのは、77パーセントで4人に3人を越え、中国では68パーセント、仕事としたのはアメリカでは38パーセント、中国はこれより少なく、ほぼ3割にすぎませんでした。これに対し、日本側の答えは、両国に比べ、家庭は約20パーセント低く、また仕事は約20パーセント高くなっています。

次の四つのうち、表の組み合わせで正しいものはどれですか。

1．1が日本、2が中国、3がアメリカ。
2．1が中国、2がアメリカ、3が日本。
3．1が日本、2がアメリカ、3が中国。
4．1がアメリカ、2が日本、3が中国。

問題 II

次の会話を聞いてください。その後で文を四つ言います。会話の内容に合っているものを一つ選んでください。正しい答は、解答欄の上の数字をぬりつぶします。正しくない答は、下の数字をぬりつぶします。問題は一度しか言いませんから、注意して聞いてください。

まず、例題を聞いてみましょう。

例
女：あのう、はさみ知りませんか。
男：えっ、引き出しの中にあるんじゃないですか。
女：ええ、いつもなら。でも見あたらないんです。
男：そんなはずないと思いますよ。さっき、返しておきましたから。
女：おかしいですね。だれか使っているのかしら。
男：そんなことありません。さっきから、だれも来てませんから。

1．男の人は、はさみは引き出しの中に入っていると思っている。
2．男の人は、はさみはさっきまで引き出しの中に入っていたと思っている。
3．男の人は、はさみは引き出しの中に入っていないと思っている。
4．男の人は、はさみはどこにあるのかわからない。

正しい答は「1」です。では、始めます。

1番
男：悪いんだけど、今夜のコンサート、行け

そうもないんだ。

女：そんな…。ねえ、だれかに代わってもら
　　えないの。

　　1．女の人は、男の人とコンサートに行
　　　　きたい。
　　2．女の人は、だれかほかの人とコンサ
　　　　ートに行くことにした。
　　3．女の人は、一人でコンサートに行く
　　　　ことにした。
　　4．女の人は、だれかいっしょにコンサ
　　　　ートに行ける人をさがしている。

2番

男：今年の夏は北海道に行くことにしました。

女：そうですか。北海道へ行くんだったら、
　　広尾がいいらしいですよ。

男：広尾？　ガイドブックにはのってません
　　けど。

女：でも、とってもいいんですって。

男：そうですか。じゃ、行ってみようかな。

　　1．女の人は広尾へ行ったことがある。
　　2．女の人は広尾のことを聞いたことが
　　　　ある。
　　3．男の人は広尾へ行ったことがある。
　　4．男の人は広尾のことを聞いたことが
　　　　ある。

3番

女：まあ、いつもどうもすみません。

男：いえ、つまらないものです。

女：今回はどちらへ？

男：ええ、ちょっとヨーロッパの方へ。

女：たいへんですね。留守の時は、またどう
　　ぞおっしゃってください。

男：ありがとうございます。来月、また予定
　　がありますので、よろしくお願いします。

　　1．男の人と女の人は同じ会社に勤めて
　　　　いる。

　　2．男の人と女の人は親しい友達だ。
　　3．男の人と女の人は近所に住んでいる。
　　4．男の人と女の人は一度会ったことが
　　　　ある。

4番

男：山田さん、おそいな。ちゃんと時間まで
　　に来るかな。

女：おそくなるはずないじゃありませんか。
　　このあいだ、もう待たされるのはいやだ
　　と、ちゃんと言っておいたんだから。

　　1．女の人は、山田さんが、おそく来る
　　　　と思っている。
　　2．女の人は、山田さんが、早くは来な
　　　　いと思っている。
　　3．女の人は、山田さんが、早く来るべ
　　　　きだと思っている。
　　4．女の人は、山田さんが、早く来るは
　　　　ずだと思っている。

問題Ⅲ

　次の会話を聞いてください。その後で質問
をします。それからその答を四つ言いますか
ら、正しいものを一つ選んでください。正し
い答は、解答欄の上の数字をぬりつぶします。
正しくない答は、下の数字をぬりつぶします。
会話や質問などは、繰り返しません。

　最初に例題を聞いてみます。

例

男：やっぱりあの言い方がまずかったんだな
　　あ。もう少し慎重に話せばよかったなあ。

女：まあまあ、今さらくよくよしたってしょ
　　うがないわよ。それより、これからどう
　　するか考えたら。

　　女の人は何と言っていますか。

　　1．失敗の原因をよく考えなさい。
　　2．これからの言い方について考えなさ
　　　　い。

３．心配しないで元気にがんばりなさい。

４．過ぎたことより、これからのことを
考えなさい。

正しい答は「４」です。では、始めます。

１番

男：母親も仕事を持っている家庭って、けっ
こう多いらしいね。

女：うん。新聞で見たわ。たしか、40パーセ
ントぐらいだったんじゃないかしら。

男：40パーセント？　もっと多かったような
気がするけどな。

女：そう？

男：うん、もう15パーセントぐらい…。

男の人は何パーセントぐらいの母親が働い
ていると思っていますか。

１．15パーセント

２．25パーセント

３．40パーセント

４．55パーセント

２番

男：みなさん、今日はお忙しいところを、わ
ざわざありがとうございました。

女：あ、いいえ。

男：じゃ、そろそろお開きにしましょうか。

男の人は何をしようと言いましたか。

１．始めましょう。

２．休みましょう。

３．続けましょう。

４．終わりましょう。

３番

女：この前言ってたカメラ、買おうと思うん
ですけど、駅前のカメラ屋さん、どうで
しょうか。

男：いやあ、あそこは勧められませんね。

女：あら、そうですか。安いって聞きました
けど。

男：安いことは安いけど、買ったあとがねえ。
細かい修理をいやがるんですよ。

男の人は駅前のカメラ屋について、どう思っ
ていますか。

１．ほかの店に比べて安すぎる。

２．買ってからのサービスが悪い。

３．修理がへただ。

４．買ったことがないのでわからない。

４番

男：この計画はやるべきだろうか。お金がか
かりすぎるようだが。

女：いえ、損得は抜きにして社会のためにぜ
ひ。

女の人はこの計画をどう思っていますか。

１．お金がかかるから、やめたほうがい
い。

２．お金がもうかるから、やったほうが
いい。

３．お金がかからないから、やったほう
がいい。

４．お金がかかっても、
やったほうがいい。

問題IV

この問題はメモをとってもかまいません。
はじめに質問があります。次に会話または話
があります。その後で質問の答を四つ言いま
すから、正しいものを一つ選んでください。
正しい答は、解答欄の上の数字をぬりつぶし
ます。正しくない答は、解答欄の下の数字を
ぬりつぶします。問題は繰り返しませんから、
よく聞いてください。

まず、例題を聞いてみます。

例

日本のレコードがよくないのはどうしてだ
と言っていますか。

日本で作られたレコードって、なぜかヨー

ロッパのものより音楽的じゃないんです。同じマスターテープから作っても、です。音はいいんです。でも、それだけ。これは、レコードを作るとき、細かい調整をする技術者が音楽を知っているかどうかの差じゃないかと思うんです。つまり、音楽としての完成をめざすか、1つ1つの音を出すことを第一にするか。音楽は決して音がつながっただけのものじゃないんですよ。

1. 録音技術がよくないから。
2. マスターテープの質が悪いから。
3. 技術者が一つひとつの音を大切にしないから。
4. 技術者が音楽をよく知らないから。
正しい答えは「4」です。では、始めます。

1番
都会で生活するのには、どんなことが大切だと言っていますか。
最近は、他人のことにあまり立ち入らないことが、都会で暮らしている人の礼儀みたいになっています。たしかにプライバシーを守ることは重要かつ必要だとは思うんですけどね。面倒だから仕事先や学校でしか人間関係を作らないって人も多いですけど、でも、それは世間を狭くすることになるんじゃないですか。都会といっても1人で生活しているわけじゃないし…、いつ、だれに世話になるかわからないし…。こびを売るわけじゃないけど、ふだんのつきあいを大切にしないと、いざってときに困りますよね。

1. 人の生活に立ち入らないこと。
2. 仕事先や学校でしか人間関係を作らないこと。
3. ふだんのつきあいを大切にすること。
4. こびを売ること。

2番
人間の速度感には、どんな特徴があると言っていますか。
ある人間の持つ速度感、つまりどのくらい速いと感じるかは、その人の生活や置かれている環境によってずいぶん左右されるもののようです。あるスピード狂の音楽家の演奏は速いので有名ですし、沖縄（おきなわ）——自然に恵まれ、ゆったりした土地ですね——その沖縄に住む人たちは、東京の人より、歩き方も話し方もゆったりしています。ところが、その速度感ってものは、簡単に変化するらしく、ある沖縄の人が「仕事で東京に行って来ると、早口になって困る」と言っているのを聞いたことがあります。

1. その人の生活の影響を受け、変わりやすい。
2. その人の性格の影響を受け、変わりにくい。
3. 育った環境の影響が強く、一生変わらない。
4. 時代や社会の影響が強く、個人差はあまりない。

3番
この人は、どうすることを勧めていますか。
これからはなるべく、お金をまとめて運用したほうがいいんです。銀行でも「お金をまとめて運用してくれれば、いろいろなサービスをしますよ」と言い始めています。今はやりの「MMC」というのは、今のような低金利のときに利用するのが得策でしょう。

1. 少しでも銀行に預けること。
2. 金利を低くすること。
3. 銀行をどんどん利用すること。
4. まとまった額を銀行に預けること。

4番
現代では、自然は人間にとってどうだ、と言っていますか。
現代では自然は人間の生活の中から、しだ

いに少なくなっています。しかし、コンクリートの建物の中で電気製品に囲まれて生活していても、人間が生き物であるという事実に変わりはありません。生き物としての人間にとって、自然はやはり必要なものではないでしょうか。

1．昔から魅力的なものだった。
2．生き物として必要なものだ。
3．コンクリートの建物や電気製品より
　　必要なものだ。
4．生き物と同じように大切だ。

第 5 回

問題 I

問題用紙を見てください。絵や図を見ながらテープを聞く問題です。まず、絵や図についての説明や会話があります。その後で質問します。質問に対する答を四つ言いますが、正しいものは一つだけです。正しい答は解答欄の上の数字をぬりつぶします。正しくない答は、下の数字をぬりつぶします。説明も質問も、一度しか言いません。

まず最初に、例題を聞いてください。

例

女の人が電話で名前の漢字の書き方を説明しています。

女：じゃ、月曜日の予約、よろしくお願いします。あ、名前ですか。「かみや」です。「かみや、しょうこ」。「かみや」は神様の「神」に、酒屋の「屋」。「しょうこ」の「しょう」は、左にカタカナの「ネ」を書いて右側が「羊」です。

女の人の名前はどんな漢字を使いますか。
　　1．1番の漢字
　　2．2番の漢字
　　3．3番の漢字
　　4．4番の漢字
　　正しい答は「2」です。では、始めます。

1番

男の人と女の人が紙袋を選んでいます。
女：これがいいんじゃない。
男：こんなんじゃ、厚みがあるものは入らないよ。こういうほうがいいよ。
女：でも、たて長よりよこ長のほうが入れやすそう。これにしない？
男：持つのは、おれだろ。こっちにするよ。

　　二人はどの紙袋を買うことにしましたか。

　　1．1番の紙袋
　　2．2番の紙袋
　　3．3番の紙袋
　　4．4番の紙袋

2番

売り上げの成績表を見ながら、二人の男性が話しています。
部長：彼、どうしたんだろう、最近。
課長：はい、何か？
部長：最近、伸びなやんでいるじゃない。
課長：いや、そんなこともないと思いますが、少しずつですが、伸びていますし…。
部長：初めがよかったから油断したんじゃないの？　このままだと、林君に抜かれちゃうよ。
課長：そうですね…。

　　二人は、何番の人について話していますか。
　　1．1番の人
　　2．2番の人
　　3．3番の人
　　4．4番の人

3番

人生のパターンについて、男の人と女の人が話しています。
男：人生80年の時代になったけど、こういう今までどおりの生き方は、はやらないね。
女：そうかもね。
男：おれはこのパターンでいくよ。若いうちにもうれつに働いて、あとで楽したいね。
女：そんなの一番古い生き方よ。わたしは働きながら勉強もしていきたいわ。
男：そんな欲ばりなこと、うまくいかないよ。
女：じゃ、一度ゆっくり休んで、人生出直すのもいいわね。わたしの中に眠っている才能を生かさなくちゃ。

　　女の人がいいと思っている人生のパターンは、どれとどれですか。

1. ①と②
2. ②と③
3. ③と④
4. ①と③

4番

花についての説明を注意して聞いてください。

女：あのう、ちょっと花を贈りたいんですが。

男：プレゼントですか。

女：いえ。お見舞いなんです。どんなものがいいかしら。

男：それでしたら、ユリのように香りの強いものや、鉢物はお避けになったほうがいいと思いますよ。

女：鉢物って？

男：植木鉢に植えてあるものです。

女：じゃあ、このカーネーション、花束にしてくださる。

男：箱もございますが。

女：いいえ、花束のほうがいいわ。

男：はい、かしこまりました。霞草のような白い小さい花を入れると、引き立ちますが。

女：じゃあ、そうして。

病気のお見舞いにふさわしいのはどれですか。

1. 1か2
2. 2か3
3. 3か4
4. 1か4

問題 II

次の会話を聞いてください。その後で文を四つ言います。会話の内容に合っているものを一つ選んでください。正しい答は、解答欄の上の数字をぬりつぶします。正しくない答は、下の数字をぬりつぶします。問題は一度しか言いませんから、注意して聞いてください。

まず、例題を聞いてみましょう。

例

男：やったところでどうにもならないよ。

女：やってもみないうらに、あきらめるの？

男：むだなことはしない主義なんだ。

1. 男の人は、何もしないつもりだ。
2. 男の人は、できるだけしようと思っている。
3. 男の人は、必ずするつもりだ。
4. 男の人は、何とかしたいと思っている。

正しい答は「1」です。では、始めます。

1番

女：あの、これでよろしいでしょうか。

男：ええと…、ここはもう少しくわしく書いてもらわないと。

女：今すぐは、わからないんですが…。

男：じゃ、持って帰って書いて来てください。今日中に出してもらわないと困りますよ。

女：はい、わかりました。

1. 女の人は、電話で調べて書く。
2. 女の人は、一度うちに帰る。
3. 女の人は、今すぐ書く。
4. 女の人は、そのまま出す。

2番

女：田中さん、この企画始めるんですって。

男：え、また新しい仕事始めるの？

女：ええ。

男：いいかげんにしてもらいたいよね。

1. 男の人は、田中さんの仕事がうまくいけばいいと思っている。
2. 男の人は、田中さんの仕事がうまくいくだろうと思っている。
3. 男の人は、田中さんにがんばっても

らいたいと思っている。

4．男の人は、田中さんに新しい仕事を
やめてほしいと思っている。

3番

女：タクシー、なかなか来ませんね。

老人：いつまでも待たされて、いやですなあ。

女：全くねえ。こういう雨の日は、ほんと、
こむんですよ。

老人：あいたたた…。あーあ、あ、腰が痛い。

女：あーあー。ほらほら、しっかりして。次
に来たら、乗っちゃってください。かま
いませんから。

1．女の人は、おじいさんを家まで送っ
て行く。

2．女の人は、おじいさんといっしょに
タクシーを待っていてあげる。

3．女の人は、おじいさんを病院につれ
ていく。

4．女の人は、おじいさんに順番をゆず
ってあげる。

4番

男：今度の旅行の会計はだれにやってもらお
うか。

女：山田さんなんか、いいんじゃない。しっ
かりしているし。

男：う～ん、しっかりしているように見える
けど、あんがい、ボーとしているんだよ
ね。

1．男の人は、山田さんがいいと思って
いる。

2．男の人は、山田さんはちょっと心配
だと思っている。

3．男の人は、山田さんはぜったいだめ
だと思っている。

4．男の人は、山田さんはやらないだろ
うと思っている。

問題III

次の会話を聞いてください。その後で質問
をします。それからその答を四つ言いますか
ら、正しいものを一つ選んでください。正し
い答は、解答欄の上の数字をぬりつぶします。
正しくない答は、下の数字をぬりつぶします。
会話や質問などは、繰り返しません。

最初に例題を聞いてみます。

例

女：旅行どうだった？

男：うん。景色はきれいだし、静かだし、料
理もうまかったんだけど…、やっぱり物
足りなくってね。

女：物足りないって？

男：ああいう所は一人で行くもんじゃないよ。

男の人は、どうしてあまり楽しくなかった
のですか。

1．景色がよくなかったから。

2．料理がおいしくなかったから。

3．一人で行ったから。

4．静かすぎたから。

正しい答は「3」です。では、始めます。

1番

女：あの、きのう話題にのぼった件なんです
が、どのように返答すればよろしいでし
ょうか。

男：うーん、あれはそんなに単純な問題じゃ
ないし…。まあ、今回はお茶をにごしと
く程度でいいんじゃないかな。

男の人はどうすればいいと思っていますか。

1．しっかり返答しなければならないと
思っている。

2．答えなくてもいいと思っている。

3．難しいことなので、時間をもらった
ほうがいいと思っている。

4．適当に答えればいいと思っている。

2番

インタビュアー：東京病院の石川先生にお話をうかがいます。先生、テレビをご覧の方から、よく「薬なんかで肩こりが治るんですか」って質問をいただくんですが…。

医者：いや、効きますよ。しかしね、それだけじゃ足りないんです。簡単なことですけど、毎日ね、体を動かすんです。たとえば、足を開いて、手をぶらぶらするとかね。

　　この医者は薬についてどう思っていますか。
　　1．毎日飲めば効く。
　　2．薬を飲んで、簡単な運動もするとよい。
　　3．薬より、簡単な運動のほうが効く。
　　4．肩こりに特によく効く。

3番

女：この翻訳の仕事のことなんだけど、井上さん、どう？

男：わたしは、あのう…。鈴木にやらせてやっていただけないでしょうか。

女：鈴木さん？　大丈夫かしら。

男：ぜひお願いします。

女：そうねえ…。井上さんがそう言うんなら。

　　だれがこの仕事をしますか。
　　1．女の人がする。
　　2．男の人がする。
　　3．鈴木さんがする。
　　4．鈴木さんと井上さんがする。

4番

女：あら、このビデオこわれているみたい……。

男：どれ……おかしいなあ、どうして調子が悪いんだろう。

女：しょうがないわ。もう一つの方、借りてこようかしら。

男：どうもその方が早いようだね。

男の人はビデオについてどう言っていますか。
　　1．修理したほうがいい。
　　2．調子が悪くなるのが早い。
　　3．別のビデオを借りたほうがいい。
　　4．早くビデオを借りるべきだ。

問題IV

　この問題はメモをとってもかまいません。はじめに質問があります。次に会話または話があります。その後で質問の答を四つ言いますから、正しいものを一つ選んでください。正しい答は、解答欄の上の数字をぬりつぶします。正しくない答は、解答欄の下の数字をぬりつぶします。問題は繰り返しませんから、よく聞いてください。
　まず、例題を聞いてみます。

例

　話し上手になるために、特に大切なことは何だと言っていますか。

　早口の方は、まずゆっくりと、はっきりとした言葉で話すことが大切です。しかし、それだけでは十分ではありません。新しい言葉を、話の初めに盛り込むことです。それは、聞いている人の期待感を高めることになるのです。

　　1．話の初めに新しい言葉を入れること。
　　2．新しい言葉をたくさん使うこと。
　　3．はっきり話すこと。
　　4．聞いてる人に期待すること。
　正しい答えは「1」です。では、始めます。

1番

　外国へ行くとき、どんな心構えで行ったほうがいいと言っていますか。

　旅は本来無目的であってもいいはずなのに、海外へ行くとなると仕事とか勉強とかを口実にする人が多いようです。ちょっと人と会っ

て話しただけなのに「仕事」、ちょっと見たり
聞いたりした程度のことを「勉強」と称し、
自己満足するのは怠惰(たいだ)ではないでしょうか。
そんないい加減な態度をとるより、「遊びに行
くんだ」と宣言したほうがよほどりっぱだと
思います。

1．いろいろ見たり聞いたりして、勉強
　するようにしたほうがいい。
2．外国での仕事や勉強はたいへんだと
　いうことを、覚悟しておいたほうが
　いい。
3．何かはっきりした目的をもって行動
　したほうがいい。
4．無理に目的を作ったりしないほうが
　いい。

2番

　この人は、送られてきた原稿をどうします
か。

　小説を書いていると、いろいろな手紙をも
らうんですよ。作品の感想なんかはありがた
いんですけど、作家志望の人から原稿が送ら
れてきたりすると、気が重くなっちゃうんで
すよね。どさりと送ってくることもあります
が、こちらとしてはとうてい読んでいる暇も
ないんで、「懸賞(けんしょう)にでも応募してみたらどうで
すか」って手紙を添えて送り返すんですよ。
だって、その人にとって大事な原稿だから、
なくしたりしたら、責任重大でしょ。

1．ありがたく読んでいる。
2．なくさないように大切にしている。
3．読んで作品の感想を送っている。
4．読まないで送り返している。

3番

　音楽の解説について何と言っていますか。
　音楽を聴こうとラジオのスイッチをひねっ
たのですが、長くてつまらない解説がえんえ
んと続いていやになったことがあります。ま

ず作曲家について、さらに演奏家(えんそうか)について説
明し、最後は両者の関係についてです。本当
に優(すぐ)れた芸術作品なら、どうして冗漫(じょうまん)な解説
が必要なのでしょう。

1．なるべく詳しく説明してほしい。
2．作曲家と演奏家についての説明だけ
　でいい。
3．本当に優れた芸術作品であることが
　よくわかる。
4．優れた芸術作品に長い解説は必要な
　い。

4番

　母親が娘に望んでいるものは何ですか。
　若い女性が保守化していると言われていま
す。「うちの娘ときたら、結婚ばかりを夢見て、
わたしが言うように自立して職業を持つこと
には、まったく関心がないんですよ」とお母
さんはなげいていらっしゃる。「私のような人
生を繰り返させたくないから真剣に言ってや
っているのに、聞こうともしない」ともおっ
しゃっている。

1．娘が保守的になること。
2．娘が結婚すること。
3．娘が自立して職業を持つこと。
4．娘が自分のような人生を繰り返すこ
　と。

1級模擬試験
聴解問題

日本語能力試験　1級模擬テスト　聴解

これから1級レベルの聴解模擬試験を始めます。問題用紙を開けてください。

問題Ⅰ

絵を見て正しい答を一つ選んでください。では一度練習しましょう。

例

女の人が電気製品の使い方を説明しています。どの順序で使うように言っていますか。

女：ええと、冷凍してある魚や肉、もちろん料理もですが、これを元に戻すことを解凍っていうんですが、この場合にはまず、「かいとう」のボタンを押してください。あ、もちろんその前に、食品は中に入れておいてくださいね。で、それから食品の重さを合わせてください。このボタンを一回押すと100グラム、二回押すと200グラムというふうになりますから。それで、食品と重さを合わせたら、スタートボタンを押してください。しばらくして終わったら、ピッピッピと5回鳴りますから……。

どの順序で使うように言っていますか。

正しい答は2です。解答用紙の問題Ⅰのところを見てください。正しい答は2ですから、答はこのように書きます。では、始めます。

1番

インド風ミルクティーの入れ方を説明しています。どの順序で入れますか。

女：まず、お鍋のお湯に紅茶を入れて、いったん火を止めます。紅茶の葉が開いたら、牛乳をたっぷり入れて、もう一度、火をつけて、沸騰直前に、沸騰させちゃあだめなのよ。沸騰する直前に、火からおろす。それでね、本場ではたくさんお砂糖を入れるらしいわ。

どの順序でいれますか。

2番

女の人が花屋さんと会話をしています。正しい水のやり方はどれですか。

女：あの、この花、水はどのくらいやればいいかしら。

男：そうですね。水やりというのはね、季節や、天気や、置く場所によってぜんぜん違うんでね、そう簡単には言えないんですよ。

女：まあ、そうですか。むずかしいんですね。

男：ほら、こうやってさわってみて、土の表面がね、このくらいに湿っている状態がいいんです。さわってみて、乾いてきたなと思ったら、下の皿に水を入れてやる。上からかけないでくださいよ、株が腐りますからね。

正しい水のやり方はどれですか。

3番

新しく開発されたキーボードの特徴を説明しています。どれが新しいキーボードですか。

男：人間の手はですね、キーを打つために水平にしていようとすると、もうそれだけで筋肉が大変緊張するもんなんですね。しかし、こう、中央が山形になっていますと、楽に動けるんです。それから、キーの配列を見てください。扇形になっていますね。これですと、手をいつも置いておくホームポジションから、指を自然にのばして打てるんです。

どれが新しいキーボードですか。

4番

ヤンさんの家について話しています。ヤンさんの家はどれですか。

女：ヤンさん、引越したそうですね。どうですか、新しい家は。

男：駅から近いし、生活の便もまあまあなんですが、道が狭いんで車の出し入れが大変でね。

女：そうですか。

男：それに隣がスーパーでね。

女：いいじゃありませんか。便利で。

男：それが24時間営業なんで、一晩中ガタガタとうるさくて。おかげで寝不足ですよ。

女：そんなにひどいんですか。

ヤンさんの家はどれですか。

5番

日本人の人口を正しくあらわした表はどれですか。

男：ええっと、これは男女・年齢別の人口の表なんですが、見ていただければわかるように、二つの型があるんですね。一つはピラミッド型、もう一つは柱型とでもいいましょうか。え〜、1950年ぐらいから医学の発達などで死亡率が急に、しかも非常に下がったんですが、逆にある国では出生率、つまり子供が生まれるパーセンテージがあいかわらず高い。それで、全体

でみると、若い人ほど多くて、年齢が高いほど少ない。こういう型をピラミッド型と呼んでいます。日本は死亡率が下がったのと同じ時期に出生率も下がり始めたんです。それで、年齢が高い人も、低い人もそれほどかわらない形、つまり柱型になっています。ただ、普通の柱型とちょっと違うのは、最近さらに出生率が下がって、10歳以下が少ない、つまり下の方が細い形になっているんですね。これはちょっと将来が心配ではあるんですが。

日本人の人口を正しくあらわした表はどれですか。

6番

リーさんは美容院に行きました。どんな髪の形にしてもらいますか。

女：思いきって短くしようと思って。

男：どのぐらいお切りしましょう。

女：そうね、20センチぐらい。

男：と言いますと、肩のあたりまで。

女：そうねえ……もうちょっと。髪がブラウスの衿につくかつかないかぐらい。

男：前はどうしましょう。

女：短く切ると子供っぽくなっちゃうかしら。

男：下にたらすと少し子供っぽくなりますが、やや長めに切って横に流すようになさったらいかがです。

女：そうね。

リーさんはどんな髪の形にすることにしましたか。

7番

女性社員と係長が新しい事務所の絵を見ながら、受付と丸いテーブルをどこに置くか話しています。結局どういうふうに置くことにするでしょうか。

女：受付はやっぱりドアの正面がいいでしょうか。

男：う〜ん、そうだねえ。ドアの正面に受付がくると狭い感じがするんじゃないかなあ。できればドアの前は開けたいな。

女：そうですか。じゃあ、ドアを入って左側に受付がくるっていうのはどうでしょうか。これですとへやも広く使えますし。

男：ああ、じゃあ、ドアと直角に置くような感じだね。それでいいんじゃないかな。

女：それと丸テーブルなんですが、これは少しゆっくり話をするためのものですから、奥のほうがいいですよね。

男：うん、じゃあ、ドアと反対側の奥はどうだろう。

女：そうですね。そこですと、ゆっくりお話もできますでしょうし。

結局どういうふうに置くことにしましたか。

8番

説明どおりにしているのはどれですか。

女：最近は立食（りっしょく）パーティーが増えていますが、立食のマナーについてはご存じない方が多いようです。そこできょうは立食のマナーについて簡単にご説明しましょう。まずグラスとお皿ですが、これは左手に持ちます。お皿の左上四分の一のところにグラスを置き、皿の上で左の親指と人さし指でしっかり持ちましょう。お皿は残りの3本の指で支えます。やってみると片手で簡単にグラスとお皿が持てます。お皿の空いたところに料理を取って、食べる時は右手でフォークを持っていただきます。決してグラスを左手に、皿を右手に持ったりしないことです。

説明どおりにしているのはどれですか。

9番

日本人のゆとりの感じ方について正しく示したグラフはどれですか。

男：わたしたちは、時間的なゆとり、空間的なゆとり、精神的なゆとり、そして経済的なゆとりを感じて初めて豊かさを実感できると思います。このグラフは今言いました4つを合わせた総合的なゆとり感を年代別に示したものです。このグラフを見ますと一番ゆとりが感じられないのは30代、ということがわかりますね。30代でゆとりを感じている人は50％もいません。みなさん、子育てや住宅ローンに追われているんでしょうか。そして年代が高くなるにつれて、またゆとり感を取り戻している人の割合がふえています。

日本人のゆとりの感じ方について正しく示したグラフはどれですか。

10番

正しい訂正（ていせい）の仕方はどれですか。

男：では、今お配りした名簿（めいぼ）をご確認（かくにん）ください。ご自分のお名前、住所、電話番号など、まちがいありませんか。訂正のある方は、これからお配りする用紙にページと訂正する部分をそのまま抜き出してください。たとえば名前にまちがいのある場合、まちがっている部分だけでなく、氏名全部書いてください。さらに訂正個所（かしょ）に二重線を引いて消し、その下に正しいものをご記入ください。よろしいでしょうか。

正しい訂正の仕方はどれですか。

問題II

問題IIと問題IIIは絵はありません。聞いてください。では一度練習しましょう。

例

男の人と女の人が待ち合わせをしましたが、女の人は場所を間違えてしまいました。女の人はどこで待っていましたか。

男：あれ、田中さん、どうしたの。遅いじゃない。

女：あ、ごめんなさい。向こうで待ってたの。

男：向こうって？　売店の前でって言ったじゃない。

女：だって、売店なんかどこにあるかわからなかったんだもの。

男：改札口を出て、右側に行けばあるって言わなかったっけ。

女：やっぱり出なくちゃいけなかったんだ。右側だと思ったんだけど、右側には売店なんかないし、おかしいなあって思いながら待ってたの。

男：まあ、会えたんだから、いいか。左側にも売店があるのかと思って、さがしに行っちゃったよ。

女の人はどこで待っていましたか。

    1　改札口の右側

    2　売店の前

    3　改札口の中

    4　改札口の左側

正しい答は3です。解答用紙の問題IIの例のところを見てください。正しい答は3ですから、答はこのように書きます。では、始めます。

1番

女の人は、アルバイトをたのみますか、たのみませんか。それはどうしてですか。

女：ねえ、課長は、足りないならアルバイトやとえって言うんだけど、どう思う？

男：いいんじゃない。この前来てくれた子、またたのめば？

女：あの子？　しょっ中さぼってたのよ、この前。

男：そうかぁ、全然気がつかなかったけどなぁ。だけど、だいたいアルバイトに期待するほうが無理なんじゃないの。

女：まあそうだけど……。でも、いないよりはましよね。

男：うん、そう考えたら。

女の人はアルバイトをたのみますか。

    1   いないよりはいた方がいいのでたのむ。

    2   いないととても困るのでたのむ。

    3   期待しても無理なのでたのまない。

    4   さぼってばかりいるのでたのまない。

2番

リーさんは夏休みに何をしようと思っていますか。

女：リーさん、夏休みはどこかへ。

男：うーん…。沖縄でダイビングでも、って思っていたんだけど、仕事の都合で休みが短くなっ
　　ちゃったんだ。

女：短いってどのぐらい。

男：4日。

女：それじゃ、遠出はできませんね。

男：うん。沖縄まで行くんだったら最低1週間はほしいからね。飛行機代も高いし。今年はせい
　　ぜい近くの川につりに行くぐらいかなあ……。

女：あ、それならいい所を知っていますよ。ここから車で1時間ぐらいのところなんですけどね
　　……。

リーさんは夏休みに何をしますか。

    1   沖縄でダイビングをする。

    2   近くの川でつりをする。

    3   近くをドライブする。

    4   どこにも行かない。

3番

男の人が電話で講習会の申し込みをしています。相手の話を聞いて、男の人はどうすることにしましたか。

男：あ、あの、先日新聞で見たんですけど、来月20日の講習会に申し込みたいんですが。

女：誠に申し訳ないんですが、申し込みが殺到しまして、どの日もいっぱいなんです。

男：キャンセルが出る可能性はありませんか。

女：はあ、もうすでに何人もキャンセル待ちで登録していただいておりますので……。

男：あ、そうですか。

女：あの、同じものを春にも予定しておりますので、もしよろしければ、日程が決まり次第ご案

内をお送りしますが。

男：じゃ、お願いします。

女：はい、では、ご住所とお名前を……。

男の人はどうすることにしましたか。

　　1　どの日もいっぱいなので、春の講習会に申し込んだ。

　　2　キャンセルが出たら、連絡してもらうことにした。

　　3　次の機会まで待つことにした。

　　4　申し込み書を送ることにした。

4番

男の人と女の人が、テレビの番組について話しています。男の人は、どの番組が見たいですか。

男：8時から何やってる？

女：8時……NHKは時代劇（じだいげき）、教育テレビが海外ドキュメンタリーでしょ、4チャンネルはクイ
　　ズ、6が歌謡曲、8はお笑いバラエティ。10は、ドラマスペシャルね。田中美佐子が出てる
　　わよ。

男：あっ、そう。じゃ、それ、見よう。

女：そう？　わたし、クイズがいいな。

男の人は、どの番組が見たいですか。

　　1　時代劇

　　2　クイズ

　　3　ドラマスペシャル

　　4　海外ドキュメンタリー

5番

空港のアナウンスです。日本航空128便に乗る人は、どうすればいいですか。

女：16時35分発日本航空128便大阪行きをご利用のお客さまに申し上げます。本日、大阪空港は悪
　　天候のため、ただいまのところ、航空機の発着（はっちゃく）を見合わせております。お急ぎのところ、ま
　　ことに恐れ入りますが、搭乗手続きをお済ませの上、出発ロビーにて、いましばらくお待ち
　　くださいませ。16時35分発……

日本航空128便に乗る人は、どうすればいいですか。

　　1　キャンセルの手続きをする。

　　2　1時間ほど出発ロビーで待つ。

　　3　搭乗手続きをして、出発ロビーで待つ。

4 搭乗手続きをしないで、出発ロビーで待つ。

6番

佐藤さんは来週までに何をすればいいですか。

男：はい、佐藤さん、どうもありがとう。なかなかよくまとまった発表だったね。え〜と、じゃ
あ、今日はここまでにしましょう。それで、来週までに皆さんはこの本の55ページまで読ん
でおいてください。まだ買っていない人は必ず買うように。来週発表する人は、読んでまと
めておくようにしておいてくださいね。吉田さんと鈴木さんだったね。できればレポートに
してコピーもしておいてください。はい、じゃあ、今日はこれで。

佐藤さんは来週までに何をすればいいですか。

1 本を読む。
2 本を買う。
3 レポートを書く。
4 コピーをする。

7番

日本の観光地について話しています。この人はどうするべきだと言っていますか。

女：夏休み、ゴールデンウィークなど、シーズン中の観光地は「高い」「こんでいる」「狭い」と
いう三つの言葉で表されるのではないでしょうか。例えばホテル。一人用としか思えないほ
どの広さの部屋にベッドを二つ押し込んで、料金は普段の数割増し。レストランで30分、40
分と待たされるのもめずらしいことではありません。このような金もうけ第一主義では客に
「もう一度来たい」という気持ちをおこさせることはできません。運輸省は外国からの旅行
者を増やそうという計画をたてていますが、今の状態を改善しない限り、外国人旅行者の増
加などありえませんし、日本人も国内より海外に、ということになってしまうのではないで
しょうか。

この人はどうするべきだと言っていますか。

1 ホテルやレストランは客がもっと快適にすごせるように工夫するべきだ。
2 運輸省は外国人旅行者を増やす計画をやめるべきだ。
3 シーズン中に旅行するのはできるだけ避けたほうがいい。
4 シーズン中は国内旅行より海外旅行のほうがいい。

問題III

聞いてください。正しい答を一つ選んでください。では、一度練習をしましょう。

例

ヤンさんはリーさんをドライブに誘っています。二人はどこで、何時に待ち合わせるでしょう。

男：日曜日、鈴木さんたちとドライブに行こうと思っているんだけど、リーさんもどう。富士山
　　のほうに行く予定なんだ。

女：あ、いいわね。何時ごろ出るの。

男：朝、7時に駅の前で集まって、なるべく早く出ようと思っているんだ。道がこむから。

女：7時……日曜日は一番早いバスが6時50分なの。駅まで20分はかかるから、7時には間に合
　　わないわ。

男：あ、そうか。リーさんのうちは駅からバスだったね。じゃあ、駅に行く途中で拾ってあげる
　　よ。通り道だから。みんなを待たせないように、ちょっと早めに、そうだねぇ……、バス停
　　のところで……。

二人は何時にどこで待ち合わせるでしょうか。

　　　1　　7時に駅の前で待ち合わせる。

　　　2　　6時50分に駅の前で待ち合わせる。

　　　3　　6時50分にバス停のところで待ち合わせる。

　　　4　　6時30分にバス停のところで待ち合わせる。

正しい答は4です。解答用紙の問題IIIの例のところを見てください。正しい答は4ですから、答
はこのように書きます。では、始めます。

1番

男の人と女の人が話しています。何について話していますか。

男：言葉だけじゃわからない時は、体でわからせることも必要だと思うよ。

女：つまり体罰ってこと？

男：うん。痛い目にあえば、「これはいけないことだ」ってしっかりわかるさ。

女：でもいくら幼くてもわかるまで話すことが大切なんじゃない？

男：そんなのきれい事だよ。話してるうちに何がいけないことだったのか忘れちゃうよ。

女：大きくなって暴力で仕返しされても知らないから。

二人は何について話していますか。

　　　1　　ペットの飼い方について。

　　　2　　けんかの仕方について。

3　子どものしつけについて。

4　体力と話し方について。

2番

リーさんは病院で薬をもらってから、会社へ行きます。会社で気分が悪くなりますが、どの薬を飲めばいいですか。

男A　：この茶色のカプセルはくしゃみや鼻水を止める薬です。眠くなりますから、車の運転を
（医者）　する時は飲まないように。それからこの白い錠剤は熱を下げる薬です。

男B：薬？　どうしたの？

女：ちょっと鼻が……くしゃみもひどくて……。

男B：顔が赤いよ。熱、あるんじゃない。

女：うん。

男B：早く帰った方がいいね。一人で帰れる？

女：う〜ん。

男B：あと30分ぐらい待ってくれたら、車で送って行くけど。

女：お願い。

リーさんはどの薬を飲めばいいですか。

1　茶色のカプセル。

2　白い錠剤。

3　茶色のカプセルと白い錠剤。

4　どちらも飲まない。

3番

女の人が旅行の申し込みをしています。行けなくなった場合、いくら払えばいいですか。

男：えー、お申し込み金は旅行代金の2割いただくことになっていますので、本日は2万円お預かりします。残金は後日、切符の手配ができた時にお支払いください。

女：はい。あっ、それから、当日行けなくなったらお金は返してもらえるんですか。

男：いえ、当日の場合は代金の80パーセントお支払いいただきます。前日でしたら、申し込み金のみでけっこうです。

女：もっと前に行けないことがわかった場合は……。

男：はい、一週間以内でしたら10パーセント、それよりも前なら申し込み金もお返しします。

旅行の10日前に行けなくなった場合、女の人はいくら払えばいいですか。

1　1万円払う。

        2   2万円払う。

        3   8万円払う。

        4   払わなくていい。

4番

木村先生に奥さんは何と伝えますか。

女：はい、木村でございます。

男：あのう、私、鈴木と申しますが、木村先生いらっしゃいますか。

女：申し訳ありません、今日はもう休んでおりますが。

男：あ、そうですか。では、恐れ入りますが、ご伝言お願いできますでしょうか。

女：はい、どうぞ。

男：実はゼミのヤンさんが急に帰国することになりまして、それで、送別会をしようと思うんですが。

女：はい。

男：で、もちろん明日にでも先生をお誘いしようとは思っているんですが。

女：はい。

男：つきましては、先生にどこかいい店をご紹介願えればと思いまして。

女：そうですか。じゃ、そう伝えておきます。で、いつですか。

男：日時に関しましては後日、先生にもうかがって決めようと思っておりますので。

女：そうですか。わかりました。

男：それでは、よろしくお願いいたします。

木村先生に奥さんは何と伝えますか。

        1   送別会をするので、参加してほしい。

        2   送別会をするので、いい店を紹介してほしい。

        3   送別会の日程を決めてほしい。

        4   送別会の場所を決めてほしい。

5番

会議で司会者が話しています。発言の目的は何ですか。

男：えー、先程から、活発にご意見がかわされておりまして、この件はやはり、十分に議論を尽
    くしてあらゆる面から検討されてしかるべきだと、けっしてなおざりにされてはならないと、
    私なども、こう、ひしひしと感じておりますのですが、なにぶん時間のほうに限りがござい
    まして、大変残念ではございますが、そろそろ問題点を絞りましてですね……。

発言の目的は何ですか。

1 会議を再開する。

2 いったん休憩する。

3 結論をまとめる。

4 会議を終わりにする。

6番

テレビの通信販売です。この商品は何ですか。

女：次にご紹介しますのは、標準48ミリと広角28ミリがワンタッチで切り替えられるダイワの『ワールドボーイ』です。ピント合わせも自動、フィルムを入れるのもすべて自動です。暗ければ光るオートストロボ内蔵。ボタン一つで世界24都市の日時を表示し、写し込めるようになっています。もちろん、セルフタイマーもついていますから、記念撮影に最適。コンパクトサイズでこの機能。海外旅行のお供にぜひどうぞ。お値段は特別価格……。

この商品は何ですか。

1 小型のビデオカメラ

2 世界中の時間がわかる時計

3 全自動で小型のカメラ

4 夜でもよく見える望遠鏡

7番

経済学の講義が始まりました。今日のテーマは何ですか。

男：えーと、先週から発展途上国、以前は低開発国とか後進国とか言っていたわけですが、いわゆる第三世界ですね、その、発展途上国の、経済における低開発性ということが引き起こしている諸問題を見てきたんですが、今日は、ここ数年よくマスコミなどでも取り上げられている援助の問題、先進国の援助のあり方ですね、これが逆に、途上国の低開発性を促進しているのではないか、経済の発展を阻害しているのではないか、という視点から、この問題を考えてみたいと思います。

今日のテーマは何ですか。

1 先進国と後進国

2 低開発国の経済

3 経済の低開発性の問題

4 先進国の援助とその問題

8番

子供の将来についての調査の結果を報告しています。親は男の子をどんな職業につけたいと思っていますか。

女：えー、ここに子供1万6000人に「大人になったら、何になりたいか」という調査の結果があるんですが、男の子は学年にかかわらず、野球の選手が一番、次がサッカーの選手ですね。女の子は保母さん、看護婦さんっていうのが多い。で、これを見て感じるのは、男の子は今興味を持っていることが、そのまま将来の夢になっていることが多いんですが、女の子は社会的に役立つ仕事をしたいと思っているんだなあということですね。で、もう一つおもしろい結果があるんですが、その子の親に「子供を将来どんな職業につけたいか」という質問をしたところ、女の子については子供の希望とほとんど同じなんですが、男の子では「公務員」っていうのが、一番ですね。これを見ると男の子っていうのはちょっとかわいそうだなって思いますね。

親は男の子をどんな職業につけたいと思っていますか。

1　野球選手

2　今興味があるもの

3　社会的に役立つ仕事

4　公務員

これで聴解模擬試験を終わります。

著者

松本　隆(まつもと　たかし)アメリカ・カナダ大学連合日本研究センター講師
市川　綾子(いちかわ　あやこ)横浜ＹＭＣＡ学院講師
衣川　隆生(きぬがわ　たかお)財団法人英語教育協議会（ＥＬＥＣ）講師
石崎　晶子(いしざき　あきこ)財団法人英語教育協議会（ＥＬＥＣ）講師
瀬戸口　彩(せとぐち　あや)元州立チャタヌガ工科大学講師

予想 と 対策　日本語能力試驗　1級受驗問題集

定價：180 元
每套定價：420 元（含錄音帶）

1992 年(民 81 年)10 月初版一刷
2003 年(民 92 年) 5 月初版三刷
本出版社經行政院新聞局核准登記
登記證字號:局版臺業字 1292 號

著　　　者：松本隆、市川綾子、衣川隆生、石崎晶子、
　　　　　　瀬戸口彩
發　行　人：黃成業
發　行　所：鴻儒堂出版社
地　　　址：台北市中正區 100 開封街一段 19 號二樓
電　　　話：23113810・23113823
電話傳真機：23612334
郵 政 劃 撥：01553001
E ─　mail：hjt903@ms25.hinet.net